大家小书

文学概论讲义

老舍 著

北京出版集团公司
北京出版社

图书在版编目（CIP）数据

文学概论讲义 / 老舍著 . — 北京：北京出版社，
2016. 6（2024.7重印）
（大家小书）
ISBN 978-7-200-12188-9

Ⅰ．①文… Ⅱ．①老… Ⅲ．①文学理论 Ⅳ．①I0

中国版本图书馆CIP数据核字（2016）第112851号

总策划：安　东　高立志　责任编辑：高立志

· 大家小书 ·

文学概论讲义
WENXUE GAILUN JIANGYI
老舍　著
*

北京出版集团公司
北京出版社　出版
（北京北三环中路6号　邮政编码：100120）
网　　址：w w w . b p h . c o m . c n
北京出版集团公司总发行
新华书店经销
北京华联印刷有限公司

*

880毫米×1230毫米　32开本　8.5印张　139千字
2016年6月第1版　2024年7月第5次印刷
ISBN 978-7-200-12188-9
定价：56.00元
质量监督电话：010-58572393

序　言

袁行霈

　　"大家小书"，是一个很俏皮的名称。此所谓"大家"，包括两方面的含义：一、书的作者是大家；二、书是写给大家看的，是大家的读物。所谓"小书"者，只是就其篇幅而言，篇幅显得小一些罢了。若论学术性则不但不轻，有些倒是相当重。其实，篇幅大小也是相对的，一部书十万字，在今天的印刷条件下，似乎算小书，若在老子、孔子的时代，又何尝就小呢？

　　编辑这套丛书，有一个用意就是节省读者的时间，让读者在较短的时间内获得较多的知识。在信息爆炸的时代，人们要学的东西太多了。补习，遂成为经常的需要。如果不善于补习，东抓一把，西抓一把，今天补这，明天补那，效果未必很好。如果把读书当成吃补药，还会失去读书时应有的那份从容和快乐。这套丛书每本的篇幅都小，读者即使细细地阅读慢慢地体味，也花不了多少时间，可以充分享受读书的乐趣。如果把它们当成补药来吃也行，剂量小，吃起来方便，消化起来也容易。

我们还有一个用意，就是想做一点文化积累的工作。把那些经过时间考验的、读者认同的著作，搜集到一起印刷出版，使之不至于泯没。有些书曾经畅销一时，但现在已经不容易得到；有些书当时或许没有引起很多人注意，但时间证明它们价值不菲。这两类书都需要挖掘出来，让它们重现光芒。科技类的图书偏重实用，一过时就不会有太多读者了，除了研究科技史的人还要用到之外。人文科学则不然，有许多书是常读常新的。然而，这套丛书也不都是旧书的重版，我们也想请一些著名的学者新写一些学术性和普及性兼备的小书，以满足读者日益增长的需求。

"大家小书"的开本不大，读者可以揣进衣兜里，随时随地掏出来读上几页。在路边等人的时候，在排队买戏票的时候，在车上、在公园里，都可以读。这样的读者多了，会为社会增添一些文化的色彩和学习的气氛，岂不是一件好事吗？

"大家小书"出版在即，出版社同志命我撰序说明原委。既然这套丛书标示书之小，序言当然也应以短小为宜。该说的都说了，就此搁笔吧。

老舍文学与主流的逆反（代前言）①

舒 乙

今天让我来讲老舍先生，我觉得合时宜，也合地理。为什么这么讲？今年是老舍先生115周年诞辰，因为要纪念他诞辰115周年，世界上要开很多国际老舍研讨会，其中最重要的一个在圣彼得堡。我为这个会准备了一篇论文，我今天就讲这个论文。题目有些怪，叫《老舍文学与主流的逆反》。

老舍先生1924年在英国伦敦一边教书一边创作长篇小说，从此走上了现代文坛。他的头三部小说都是在郑振铎和叶圣陶主编的大型文学刊物《小说月报》连载的。《老张的哲学》是他第一部小说，《赵子曰》是第二部，都是当年仅有的一部

---

① 本文曾以《文学只需要解释人生就够了》为名载2014年3月5日《北京青年报》。

在《小说月报》上连载的长篇小说，一年只发表一部。《小说月报》在当时是最有影响的文学刊物，由此可见长篇小说当时的产量是如何的低。

由于这样的背景，老舍先生成了中国现代长篇小说的奠基人之一。他的文学作品以小说和戏剧为主，受到了几代读者和观众的欢迎，被翻译成多种文字，广为传播。目前为止，他的文学作品被公认为中国现代文学中最具代表性的、杰出的代表。

可是长期以来，特别是他健在的时候，他常常被左翼主流文学界视为一个另类，评价并不高，甚至遭到不同程度的排挤。

在30年代中国特殊国情的时代背景下，左翼文学理论是非常强劲的、影响整个中国文学界的，左翼文学思潮毫无疑问地占据了主流地位。文学主流势力对老舍的文学实践持不同看法，就形成了一个很不舒服的逆反：老舍在读者当中受欢迎，可是主流的文学批评、文学思潮对他评价很一般！

我今天主要讲这个特殊现象，把它认真地分析一下。过去对他评价不高，我举四个例子来说明：

第一个，1944年，老舍先生从事创作20年，在重庆举行了一个纪念庆祝活动。当时茅盾先生和郭沫若先生是左翼文坛最高的领袖。茅盾先生写了一篇文章来纪念。他当时是这么说的："《赵子曰》给我深刻的印象，那个时候文坛上正掀起暴风雨般的新运动，从热烈的斗争生活中体验过来的作家们，笔下的人物和《赵子曰》中的人物是有不小的距离的。对于《赵子曰》作者对生活所取的观察的角度，个人思议，也不能尽同。"这话说得很委婉，但是意思很清楚，就是说老舍和我们不一样，而且有不小的距离。

第二个例子，1950年初，老舍刚由美国回来，他的头一批作品是曲艺作品，有过一篇叫《劝北京人》的大鼓词，很长，有140行。1950年1月18日写得的。他2月2日的日记里写：赵树理来退回《劝北京人》，另拿去《生产就业》。《生产就业》也是一段大鼓词。赵树理当时是非常有名的通俗文学杂志《说说唱唱》的主编。老舍和赵树理是刚刚在北京认识的朋友，两个人一见如故，结为终身好友。但是请注意，赵树理是来自解放区的，他非常清楚地知道共产党方针指导下的文学杂志应该怎么办。退稿的事对老舍来说，起码是1949年底以前，没有发生过，没有人退老舍的稿子。具体的原因，日记里头没有，赵树理没讲过，老舍也没讲过。但是可以想象，绝对不是因为大鼓词的写作技巧问题，大概是因为不合时宜。从此以后，老舍被退稿的事时有发生。

第三，1953年9月，举行了全国文联第二次全国代表大会。在这次会议上，中华全国文学工作者协会正式改名中国作家协会，老舍当选为全国文联全国委员会委员和中国作家协会副主席。其实在选举的时候，老舍先生遇到了麻烦，一些解放区来的文学工作者不同意选他当作协副主席，认为他没有资格。经过说服以后，老舍才被选为中国作协的七个副主席之一，主席是茅盾，七个副主席，他排在周扬、丁玲、巴金、柯仲平的后面，他后面还有两个，一个是冯雪峰，一个是邵荃麟。

老舍先生自己一贯不重视名利地位，一再表示不愿意担任什么职务，只愿意多写作。但是这次受排挤，他表现出了少有的愤怒和不满。这段时期是老舍先生生活历程中极为重要的阶段，他走出了书斋，投身到时代的洪流当中，忍辱负重，受了很多苦，吃了很多亏，在中国共产党统一战线政策的感召之下，坚持把文学的大旗扛到了抗战胜利。连续七年，老舍先生回回都以全票当选总务部主任。当时文协没有主席，也没有会长，因为是统一战线，一成立会长或者是主席，肯定被国民党当局的负责人占领，比如说张道藩。所以周恩来他们考虑，咱们不设主席，就设一个总务部主任。这个人对内总理会务，对外代表文学。当时文协全称叫中华全国文艺界抗敌协会，是现在全国文联的前身。老舍先生在给友人的信中说，他是当时文协的主席，相当于全国文联的主席，怎么到现在，反而连一个作协副主席都不能选上？所以他对少数来自解放区的年轻作家的无知和傲慢感到愤怒是理所当然的。

第四，大家知道长篇小说《四世同堂》是老舍的代表作之一，也是他本人最满意的一部小说。他在文字里正式有过记录，他说"《四世同堂》是我从事写作以来最长的、可能也是最好的一部书"。但是这么一部书，1949年后很久没有再版过，这其中有些原因。当时任党中央宣传部副部长兼全国文联党组书记的周扬曾经要求老舍修改这部作品，就像他要求巴金修改《家》，要求曹禺修改《雷雨》一样。理由很简单，时代不同了，要按照当下的主流意识和标准重新审视《四世同堂》，改好了咱们再出版。这个周扬也挺奇怪，他还具体地告诉老舍，你要具体修改几个非常重要的细节。比如说他要求，把书里头写的蒋委员长改成蒋介石。老舍先生听了以后就反问了一句：您不是老教导我，要按历史唯物主义办事吗？当时沦陷的北平老百姓盼着蒋委员长打回来，绝不会说我盼着蒋介石回来。

他虽然这么说，但还是老老实实修改。从他修改的手稿上来看，他只修改了十几章。大家知道《四世同堂》是一百章，他只修改了十几章，而且是只对个别的修辞和标点符号进行修改，意思和文字没有改。他实在是改不下去。他就回答周扬说，改不了，我给你写新的吧！周扬的回答也很干脆，那就不能出版。所以《四世同堂》从此销声匿迹。直到改革开放后的1979年，由天津百花文艺出版社和四川人民出版社同时按照原版，再版了《四世同堂》，这时候中青年读者才知道老舍先生还写了这么好一部作品。

由于同样的道理，老舍诸多的小说解放后只出版过三部：1955年出了《骆驼祥子》、1963年出了《离婚》、《老舍短篇小说选》1956年出的，就这么三种。而且再版的《骆驼祥子》结尾被删掉了，一共二十四章，删掉了一章半。祥子彻底没落、变成行尸走肉的结尾不要了，因为不是个光明的结尾。《离婚》也做了少量的修改才出版。

四个例子足以说明，左翼文艺思潮对老舍先生作品的评价是不高的，把他看成了另类。

1984年，北京出版社出版了一本署名舒舍予的《文学概论讲义》，不太厚，也就是一百页左右。这是一本老舍先生1931—1934在齐鲁大学授课时写下来的讲义，是迄今为止发现的他的唯一一部文学理论著作，讲义一共十五章，十一万七千字。这是一本奇书，奇怪的奇。

说它奇有三个原因：

第一个，原创。和以往任何一部《文学概论讲义》没有任何关系，充满了前所未有的观点。十一万七千字里，他引述了多少作家、学者的观点？140位！他读了大量的书。尤其难能可贵的是，他把刚刚出现在欧洲和亚洲的一些新的文艺理论，包括20世纪20年代、30年代的最新学说根据他的需要加以介绍和引进，所以成了一部特别现代、内容特别充沛的专著。

第二，这是一部作家写的文学概论，不是一个纯粹的文学理论家的著作，这两者之间是有很大区别的。一般的文学概论是学者来写，而老舍写这个讲义的时候，已经写了六七部长篇小说，他已经有了比较丰富的实际写作经验。把这些经验提升为理论，不仅对当时听课的学员有价值，对作家们也不失为一部有实际用途和现实意义的参考书。所以这本小书由北京出版社出版之后，受到了作家们的欢迎，认为它是一本有独特意义的文学理论著作。

第三，《文学概论讲义》在理论上对几个非常重要的问题进行了阐述，有非常大胆和独特的见解。而这些大胆和独特的见解与当时主流的文艺理论背道而驰。在30年代左翼文艺理论占主导地位的中国，这部著作就显得意味深长。

究竟它的价值怎么样？我说六点。第一，他反对文以载道；反对诗言志；反对思想性第一，艺术性第二。这些都是传统的文学主张，我甚至觉得现在好多人还在这样认为，他反对这个。第二，他强调文学的特质是感情、美、想象，说文学的特质是知识、是哲理，他不同意。第三，他强调文学是解释人生的。也就是说在平凡的事实中提到一些人生的意义，是文学给人的特殊的知识，这才是文学能站得住的原因。文学不是消遣品，它有它的使命，这一条我觉得特别重要，现在流行的一些电视、音乐、电影，最高目的是消遣人生，这是老舍反对的。第四，文学的使命是让人受感动，感动得一会儿哭一会儿笑，由感动当中思索人物和事实的遭遇，因此开始考虑人生的意义。文学不能够太理智，它必须使人沉醉。第五，怎样表现感情和思想。他有一句经典的话：怎么写比写什么对文学更重要。第六，文学是独立的，不是政治的附庸。它不以传递知识、政策、哲理、技术为目的。

可以想象，这六点和当时主流的文艺理论格格不入。

刚才说的这些都是老舍的《文学概论讲义》中阐述过的、文学应该有的那些特质的、光辉的范例。为什么？这些东西感人、很美。就像他的中篇小说《月牙》。《月牙》里他写了一个真正的挂在天上的月牙，那个月牙永远会凄惨地留在读者心里，这就是文学感动人的地方，这也是老舍文学的魅力，而偏偏背离了主流意识。

老舍还认为，巡警未必是坏人，学生运动未必是好事。我觉得一个作家的童年对他的影响至关重要，了解、解释一个作家的钥匙往往在他童年的经历，对老舍也是如此。他从小就接触了不少巡警，所以他对巡警非常熟。知道他们都是下层人，都是心地善良的普通人，本质上是好人，迫于生活去当巡警，混饭吃。他说如果说他们是坏人，我坚决不同意。

他在作品里头写了很多巡警。《四世同堂》里的白巡警、《龙须沟》里的刘巡长、《茶馆》里也有巡警。他所写的巡警有一个算一个，通通好人。不错，他们要办些交办下来的欺压老百姓的事，那是他的职业，不能不办。但是你去看，他有多为难，多心疼，总是想方设法替他的乡亲去敷衍，去拖延，去化解，甚至于去抵挡。为什么？他的心跟这些人的心在一块，连着襟儿的。在老舍先生心目中，生活是第一位的，他尊重生活，用这个作为判断的唯一标准。他老爱说一句话：这是真事儿啊！

最受左翼批判的是《猫城记》。《猫城记》是一部长篇小说，它对旧社会的各个领域进行了全面的批判。这篇小说现在在国外的地位大概和《骆驼祥子》齐名，也翻译成了三十几种文字。但是在国内受到左翼批评界严厉的批评，因为他在揭露旧社会黑暗的时候，无形之中用文字也批判了当时的共产党。他认为当时的共产党在很大程度上盲目暴动，具有狭隘的官本主义，不对头。四人帮左翼认为，或者极左认为，老舍先生是反共的。经过"文革"，经过红卫兵的运动劫难以后，中国人回过头来再看《猫城记》，完全明白老舍的远见和正确。

老舍的厉害还在他的幽默，但是我跟大家说，长期以来老舍的幽默受到了很大的争论。20年代末30年代初，鲁迅先生出于当时中国的特殊国情，反对幽默，反对以林语堂为首的论语派的幽默理论。于是乎老舍的幽默也被打成林语堂的论语派，说老舍的幽默是一种油滑、一种轻浮，不可取。

我认真地、仔细地翻过《鲁迅全集》，鲁迅在自己的文字里只有两处提到老舍，都是在给友人的信里。在这两处里头他瞧不上老舍。一处说他地方色彩太浓，他是写北平的。第二处是说他是林语堂创造的那种幽默理论下头的一个人物，这个人物不可取。鲁迅的这种说法，老舍本人并不知道，他对鲁迅崇拜得要命，一辈子都说鲁迅的好话。实际上现在来看，鲁迅

文学概论讲义

骂过不计其数的人，骂老舍算是最少的。但到1936年鲁迅快去世的时候，他有一次对美国记者斯诺说，老舍、沈从文、郁达夫是中国短篇小说最杰出的代表，他是承认老舍的文学成就的。美国一个很厉害的叫王德威的文学理论家，他说闹了半天中国现代文学是两条路，一条是鲁迅的路，一条是老舍的路，两条路的目的地是一样的，都是打倒旧社会，打倒旧制度，救国救民。鲁迅走的是讽刺的路，老舍走的是幽默的路，异曲同工。可是鲁迅那条路容易分析，是凉的，老舍这条路是热的。凉的路一本正经、满脸严肃，老舍是带笑的，他说这两条路都非常重要。在和平时期，第二条路，老舍的路更受读者欢迎。

做一个简单的结论：过去对老舍文学的认识基本上可以来一个大逆转，不正确的闹了半天是正确的，反之正确的可能是不正确的。以此类推，可以认真地把很多老舍自己的话和关于老舍的话用这个逻辑去筛一遍。比如1954年9月，人民文学社出版了《骆驼祥子》，这是解放后的第一版，他写了个后记。后记里有这样的话：我可是没有给他们找到出路，他们痛苦地活着，委屈地死去，这是因为我只看见了当时社会黑暗的一面，而没有看到光明的革命，不懂得革命的道理。

现在来看，按我刚才的逻辑，这段话到底对不对？又对又不对。对在哪？他说的是实话。不对，完全不必做这样的道歉和表白。为什么？文学并不负责指出社会的出路，文学家只需要解释人生就够了。所以我总结起来还是那句话：对文学来说怎么写比写什么更重要。

（整理者　王进）

　　　　　　　　　　　　　　文学概论讲义

1946 年老舍在芝加哥

目 录

001 / 代序

004 / 第一讲　引言

016 / 第二讲　中国历代文说（上）

037 / 第三讲　中国历代文说（下）

058 / 第四讲　文学的特质

078 / 第五讲　文学的创造

090 / 第六讲　文学的起源

098 / 第七讲　文学的风格

114 / 第八讲　诗与散文的分别

128 / 第九讲　文学的形式

139 / 第十讲　文学的倾向（上）

157 / 第十一讲　文学的倾向（下）

177 / 第十二讲　文学的批评

197 / 第十三讲　诗

209 / 第十四讲　戏剧

224 / 第十五讲　小说

文学概论讲义

代序

这是老舍大约五十年前写的一部讲义。除了当年给齐鲁大学文学院学生当教材印发过之外，没有公开发行过。以后一直流失，直到最近才被发现。现在出版这本书的理由有五：

一、老舍自己多次写到他对文艺理论马马虎虎，钻研不深；可是，由于有了这本书，实际情况似乎并非完全如此。作为一个教授和作家，老舍对文学的作用、文学的特殊规律、文学的风格等等基本问题是有自己的见解的。这部《文学概论讲义》就是个证明。它能说明老舍对这些问题下过相当的功夫，动过不少脑筋，有过自己独特的主张。它的出版，对了解和研究老舍早中期的文艺思想是有帮助的，对解剖、理解和评价老舍本人的作品也是有用的。

二、老舍在小说、戏剧、散文、曲艺、诗歌等方面的创作，都已有所出版、整理和研究。但是他在教学和文艺理论方面的论著至今还缺乏收集，是个空白。《文学概论》的出版将开辟一个新的天地，以它为起点，希望能继续找到老舍写的其他教材。诸如《近代文艺批评》《小说作法》《世界名著研究》等，这些论著加上后来陆续发表的其他论文，或许能组成一个新的研究领域——老舍的文艺理论思想。

三、老舍在《文学概论》里，直接引用了一百四十位古今中外学者、作家的论述、作品和观点。看得出，老舍的结论是经过了广泛的调查研究，以及咀嚼和升华才得到的。姑且不论三十年代的中国式的文学概论的成败，作者的那点基本功还是应当肯定的。老舍日后的文学成就和他早年的用功恐怕不无关系。他的文学知识帮了他的忙。这点经验，对今日青年作家应该是个有益的启发。

四、老舍中等师范毕业之后，并没有上过大学，他走的路基本上是一条自学的路。这本大学讲义《文学概论》，应该说，既是他的创作实践经过提炼的体会，也是他的学习总结。出版这本小书，对自学成材或许是个不错的旁证。

五、老舍讲授"文学概论"之前，已经创作了《老张的哲学》等四部长篇小说。在讲授时间上，大致和他写作《大明湖》《猫城记》《牛天赐传》《离婚》等作品属于同期，也就是说，《文学概论》的著者当时已经有了比较丰富的文学创作实践。这本书，与其说是一部教授的《文学概论》，不如说是一部作家的《文学概论》。这个特殊性对当今的中青年作家可能会有一定的吸引力。当然，在老舍的文学主张中，免不了存在语误和偏差，特别是在他全力阐述的几个中心论点中，更免不了偏颇。但是，老舍作为一个勤奋努力的文艺工作者，他的探索是认真的，他的文学实践也是令人瞩目的。看其论述的实质，吸取其合理的核心，我想，这本《文学概论》对提高当今文学作品的质量和艺术魅力，也可能有些实际价值。出版这本小书，如果能对开创社会主义文学艺术的新局面有一点点帮助的话，那就真是抛砖引玉了。

理由扯得太多了，究竟如何，还是请读者自己去判断吧。我敢肯定的只是：第一，它是严肃的；第二，它并不乏味。这两点，大致错不了。

胡絜青

一九八三年六月

第一讲　引言

在现代，无论研究什么学问，对于研究的对象须先有明确的认识，而后才能有所获得，才能不误入歧途。比如一个人要研究中古的烧炼术吧，若是他明白烧炼术是粗形的化学、医药学和一些迷信妄想的混合物，他便会清清楚楚的挑剔出来：烧炼术中哪一些是有些科学道理的，哪一些完全是揣测虚诞，从而指出中古人对于化学等有什么偶然的发现，和他们的谬误之所在。这是以科学方法整理非科学时代的东西的正路。设若他不明白此理，他便不是走入迷信煮石成金的可能，而梦想发财，便是用烧炼术中一二合理之点，来诬蔑科学，说些"化学自古有之，不算稀奇"的话语。这样治学便是白费了自己的工夫，而且有害于学问的进展。

中国人，因为有这么长远的历史，最富于日常生活的经验；加以传统的思想势力很大，也最会苟简的利用这些经验；所以凡事都知其当然，不知所以然；只求实效，不去推理；只看片断，不求系统；因而发明的东西虽不少，而对于有系统的纯正的科学建树几乎等于零。文学研究也是如此。作文读文的方法是由师傅传授的，对于文学到底是什么，以弄笔墨为事的小才子自然是不过问的，关心礼教以明道自任的又以"载道"呀，"明理"呀为文学的本质；于是在中国文论诗说里便找不出一条明白合理的文学界说。自然，文学界说是很难确定的，而且从文学的欣赏上说，它好似也不是必需的；但是我们既要研究文学，便要有个清楚的概念，以免随意拉扯，把文学罩上一层雾气。

文学自然是与科学不同，我们不能把整个的一套科学方法施用在文学身上。这是不错的。但是，现代治学的趋向，无论是研究什么，"科学的"这一名词是不能不站在最前面的。文学研究的始祖亚里士多德①便是科学的，他先分析比较了古代希腊的作品，而后提出些规法与原则。到了文艺复兴时期，人们抓住亚里士多德的理论来评量一切文学，便失了科学的态度；因为亚里士多德是就古代希腊文学而谈说文学，文艺复兴

---

① 亚里士多德（前384—前322），古希腊伟大的思想家，西方哲学的奠基人，柏拉图的学生，亚历山大的老师。其文学理论代表作《诗学》主要讨论悲剧与诗，提出艺术的本质是摹仿。——本版责编注

时代的文学自有它自己的历史与社会背景，自有它自己的生长与发展，怎好削足适履的以古断今呢？这不过是个浅显的例证，但颇足以说明科学的方法研究文学也是很重要的。它至少是许多方法中的一个。

也许有人说，"文以载道"，"诗骚者皆不遇者各系其志，发而为文"，等等，便是中国文学界说；不过现在受了西洋文说的影响，我们遂不复满于这些国货论调了；其实呢，我们何必一定尊视西人，而卑视自己呢！要回答这个，我们应回到篇首所说的：我们是生在"现代"，我们治学便不许象前人那样褊狭。我们要读古籍古文；同时，我们要明白世界上最精确的学说，然后才能证辨出自家的价值何在。反之，我们依然抱着本《东莱博议》，说什么"一起起得雄伟，一落落得劲峭"，我们便永远不会明白文学，正如希望煮石成金一样的愚笨可怜。生在后世的好处便是能比古人多见多闻一些，使一切学问更进步，更精确。我们不能勉强的使古物现代化，但是我们应当怀疑，思考，比较，评定古物的价值；这样，我们实在不是好与古人作难。再说，艺术是普遍的，无国界的，文学既是艺术的一支，我们怎能不看看世界上最精美的学说，而反倒白甘简陋呢？

文学是什么，我们要从新把古代文说整理一遍，然后与新的理论比证一下，以便得失分明，体认确当。先说中国人论文的毛病：

（一）以单字释辞：《易》曰："物相杂，故曰文。"《说文》曰："文错画也，象交文。"这一类的话是中国文人当谈到文学，最喜欢引用的。中国人对于"字"有莫大的信仰，《说文》等书是足以解决一切的。一提到文学，赶快去翻字典：啊，文，错画也。好了，一切全明白了。章太炎先生也不免此病："文学者，以有文字著于竹帛，故谓之文；论其法式，谓之文学。"这前半句便是"文，错画也"的说明；后半句为给"学"字找个地位，所以补上"论其法式"四个字。文学是借着文字表现的，不错；但是，单单找出一个"字"的意思，怎能拿它来解释一个"辞"呢！"文学"是一个辞。辞——不拘是由几个字拼成的——就好象是化学配合品，配合以后自成一物，分析开来，此物即不存在。文学便是文学，是整个的。单把"文"字的意思找出来，怎能明白什么是文学？果然凡有"文"的便是文学，那么铺户的牌匾，"天德堂"与"开市大吉，万事亨通"当然全是文学了！

再说，现在学术上的名辞多数是由外国文字译过来的，不明白译辞的原意，而勉强翻开中国字书，去找本来不是我们所有的东西的定义，岂非费力不讨好。就以修辞学说吧，中国本来没有这么一种学问，而在西洋已有两千多年的历史，亚里士多德是第一个有系统而科学的写《修辞学》的。那么，我们打算明白什么是修辞学，是应当整个的研究自亚里士多德至近代西洋的修辞专书呢？还是应当只看《说文》中的"辞：说也，从㡐辛，㡐辛犹理辜也。修：饰也，从彡，攸声"？或是引证《易经》上的"修辞立其诚，所以居业也"，就足以明白"修辞学"呢？名不正则言不顺，用《易经》上的修辞二字来解释有两千多年历史的修辞学，是张冠李戴，怎能有是处呢？

有人从言语构成上立论：中国语言本是单音的，所以这种按字寻义是不错的。其实中国语言又何尝完全是单音的呢？我们每说一句话，是一字一字的往外挤吗？不是用许多的辞组织成一语吗？为求人家听得清楚，为语调的美好，为言语的丰富，由单字而成辞是必然的趋势。在白话中我们连"桌""椅"这类的字也变成"桌子""椅子"了；难道应解作"桌与儿子""椅与儿子"么？一个英国人和我学中国话，他把"可是"解作"可以是的"，便是受了信中国话是纯粹单音的害处。经我告诉他："可是"当"but"讲，他才开始用辞典；由字典而辞典便是一个大进步。认清了这个，然后须由历史上找出辞的来源；修辞学是亚里士多德首创的，便应当去由亚里士多德研究起；这才能免了误会与无中生有。

（二）摘取古语作证：中国人的思路多是向后走的，凡事不由逻辑法辨证，只求"有诗为证"便足了事。这种习惯使中国思想永远是转圆圈的，永远是混含的一贯，没有彻底的认识。比如说，什么叫"革命"？中国人不去读革命史，不去研究革命理论；先到旧书里搜寻，找到了："汤武革命"，啊！这原来是中国固有的东西哟！于是心满意足了；或者一高兴也许引经据典的作篇革命论。这样，对于革命怎能有清楚的认识呢！

文学？赶快掀书！《论语》上说："文学子游、子夏。"呕！文学有了出处，自然不要再去问文学到底是什么了。向后走的思路只问古人说过没有，不问对与不对，更不问古人所说的是否有明确的界说。古人怎能都说得对呢？都说得清楚呢？都能预知后事而预言一切呢？

段凌辰先生说得好：

德行颜渊、闵子骞、冉伯牛、仲引，言语宰我、子贡，政事冉有、季路，文学子游、子夏。

此所谓孔门四科也。文学与德行，言语，政事对举，殆泛指一切知识学问，与今日所谓文学者有别。故邢昺《论语疏》曰："文章博学，则有子游、子夏二人也。"此解可谓达其旨矣。更以游、夏二子之自身证之。据《论语·阳货》篇："子之武城，闻弦歌之声。"诗乐相通，子游似为文学之士。然乐本为儒家治世之具，其事亦无足怪。若证以《礼记·檀弓》，则子游实明礼之士耳。至于子夏，《论语·八佾》篇虽称其"可与言诗"，然据《史记·仲尼弟子列传》："孔子既没，子夏居西河教授，为魏文侯师。"又汉代经师，多源出子夏，则子夏乃传经之士也。《论语》其他论文之处甚多，其义亦同于斯。如《学而》篇孔子曰："行有余力，则以学文。"何晏《集解》引马融曰："文者，古之遗文。"邢昺《疏》曰："注言古之遗文者，则《诗》《书》《礼》《乐》《易》《春秋》六经是也。"是则六经为文矣。……"夫子之文章可得而闻也，夫子之言性与天道，不可得而闻也。"邢昺《疏》曰："子贡言夫子之述作威仪礼法，有文彩形质著名，可以耳听目视，依循学习，故可得而闻也。"朱熹《论语集注》亦曰："文章，德之见乎外者，威仪文辞皆是也。"是则所谓文章，又越乎述作文辞之外。与《八佾》篇称"周监于二代，郁郁乎文哉"，《泰伯》篇称"焕乎其有文章"，《子罕》篇称"文王既没，文不在兹乎"，兼礼乐法度而言，其义相类。故《公冶长》篇子贡问曰："孔文子何以谓之文也？"孔子答曰："敏而好学，不耻下问，是以谓之文也。"足见孔氏于"文"字之解释，固其广泛矣。……（《中国文学概论》第二篇）

从上一段文字看，只拿古人一句话来解说学术的内含是极欠妥当的，因为古人对于用字是有些随便的地方。

拿单字的意思解释辞的，弊在错谬的分析；以古语证近代学术者，病在断章取义，只求不违背古说，而忘了用自己的思想。

（三）求实效：中国人是最讲实利的，无论是不识字的乡民，还是博学之士，对事对物的态度是一样的——凡是一事一物必有它的用处。一个儒医的经验，和一个乡间大夫的，原来差不很多；所不同者是儒医能把阴阳五行也应用到医药上去。儒医便是个立在古书与经验之间求实利的一种不生不熟的东西。专研究医理也好，专研究阴阳五行之说也好，前者是科学的，后者是玄学的；玄学也有它可供研究的价值与兴趣。但是中国人不这样办；医术是有用的，阴阳五行也非得有用不可；于是二者携手，成为一种糊涂东西。

文人也是如此，他们读书作文原为干禄或遣兴的，而他们一定要把那抽象的哲学名辞搬来应用——道啊，理啊等等总在笔尖上转。文学就不准是种无所为、无所求的艺术吗？不许。一件东西必定有用处，不然便不算一件东西；文学必须会干点什么，不拘是载道，还是说理，反正它得有用。

（1）文以观人。《文中子》说："文士之行可见，谢灵运小人哉！其文傲，君子则谨。"照这么说，在中国非君子便不许作文了。君子会作文不会，是个问题。可是中国人以为君子总是社会上的好人，为社会公益起见，"其文傲"的人是该驱逐出境的；这是为实利起见不得不如此的。

《诗史》曰："诗之作也，穷通之分可观：王建诗寒碎，故仕终不显；李洞诗穷悴，故竟下第。"这又由社会转到个人身上来了；原来评判诗文还可以带着"相面"的！文学与别的东西一样，据中国人看，是有实用的，所以搀入相术以求证实是自然的，不算怎么奇怪。说穷话的必定倒楣，说大话的必定腾达显贵，象西洋那些大悲剧家便都应该穷困夭死的。那 No struggle，no drama[①]在中国人看，是故意与自家过不去

的。白居易有"野火烧不尽，春风吹又生"之句，于是顾况便断定他在那米贵的长安也可以居住了；文章的用处莫非只为吃饭么？

> 文艺是纯然的生命的表现；是能够全然离了外界的压抑和强制，站在绝对自由的心境上，表现出个性来的唯一的世界。忘却名利，除去奴隶根性，从一切羁绊束缚解放下来，这才能成文艺上的创作。必须进到那与留心着报章上的批评，算计着稿费之类的全然两样的心境，这才能成真的文艺作品；因为能做到仅被在自己的心里烧着的感激和情热所动，象天地创造的曙神所做的一样程度的自己表现的世界，是只有文艺而已。(《苦闷的象征》十三页)

拿这一段话和我们的穷通寿夭说比一比，我们要发生什么感想呢！

（2）文以载道明理。"《诗三百》，一言以蔽之，曰：思无邪！"这是中国文人读书的方法。无论读什么，读者必须假冒为善的声明："我思无邪！"《诗》中之《风》本来是"出于里巷歌谣之作，男女相与咏歌，各言其情也。"（朱熹）它们的那点文学价值也就在这里。但是中国读诗的，非在男女之情以外，还加上些"刺美风化"，"诗以正言，义之用也"等不相干的话，不足以表示心思的正大。正象后世写淫书的人，也必在第一回叙说些劝善惩淫的话头，一样的没出息。有了这种心理，治文学的人自然忘了文学本身的欣赏，而看古文古诗中字字有深意、处处是训诫；于是一面忘了研究文学到底是什么，一面发了"若不仰范前哲，何以贻厥后来"的志愿。文以载道明理遂成了文人的信条。韩愈说："愈之志在古道，又甚好其文辞"，就是因为崇古的缘故，把自己也古代化了。周敦颐说："文辞，艺也。道德，实也。"这有实用的道德真真把文艺毁苦了！这种论调与实行的结果，弄得中国文学：一、毫无生气，只是互相摹拟；文是古的好，道也是古的好。二、只有格体的区分，少主义的标树。把"道"放在不同的体格之下便算有了花样变化，主义——道——是一定不变的。三、戏剧小说发达的极晚，极不完善，因为它们不古，不古自然也不合乎道，于是就少有人注意它们。四、文学批评没有成为文艺的独立一枝，因为文不过是载道之具，道有邪正，值得辩论；那对偶骈俪谀佞无实，便不足道了。

厨川白村说过："每逢世间有事情，一说什么，便掏出藏在怀中的一种尺子来丈量。凡是不能恰恰相合的东西，便随便地排斥，这样轻佻浮薄的态度，就有首先改起的必要罢。"这一种尺子或者就是中国的"道"么？诚如是，丢开这尺子，让我们跑入文学的乐园，自由的呼吸那带花香的空气去吧！

以上是消极地指出中国文人评论文学所爱犯的毛病，也就是我们所应避免的。至于文学是什么，和一些文学上的重要问题，都在后面逐渐讨论；先知道了应当避免什么，或者足以使我们讨论文学的时候不再误入歧途。

第二讲　中国历代文说（上）

在第一讲里，我们略指出中国文士论文的错误，是横着摆列数条，没管它们在历史上的先后。现在我们再竖着看一看，把古今的重要文说略微讨论一下。

先秦文论：文学，不论中外，发达最早的是诗歌。象《诗序》里的"言之不足，故嗟叹之；嗟叹之不足，故咏歌之；咏歌之不足，不知手之舞之，足之蹈之也"那样心有所感，发为歌咏，是在有文字之先，已有的事实。那么，我们先拿《诗经》来研究一下，似乎是当然的手续。《诗经》，据说是孔子删定的；这个传说的可靠与否，我们且不去管；孔子对于《诗经》很喜欢引用与谈论是个事实。

《诗》中的《风》本是"出于里巷歌谣之作，男女相与咏歌，各言其情也。"（朱熹）它们的文学价值也就在这里。可是孔子——一位注重礼乐、好谈政治的实利哲学家——对于《诗》的文学价值是不大注意的；他始终是说怎样利用它。他用"《诗三百》，一言以蔽之，曰：思无邪！"（《论语·为政篇》）定了读《诗》的方法；于是惹起后世注《诗》的人们对于《诗》的误解："刺美风化"是他们替"思无邪"作辨证的工夫；对于《诗》本身的文学价值几乎完全忘却。这是在思想方面，他已把文学与道德搀合起来立论。再看他怎从其他方面利用《诗》：

"不学《诗》，无以言。"（《论语·季氏》篇）《诗》的用处是帮助修辞的。

"入其国，其教可知也。其为人也，温柔敦厚，诗教也。"（《礼记·经解》篇）这是以诗为政治的工具。

"小子何莫学夫诗？诗，可以兴，可以观，可以群，可以怨；迩之事父，远之事君；多识于鸟兽草木之名。"（《论语·阳货》篇）《诗》不但可以教给人们以事父事君之道，且可以当动植物辞典用！

这样，孔子既以《诗》为政治教育的工具，为一本有趣的教科书，所以他引用诗句时，也不大管诗句的真意，而是曲为比附，以达己意，正如古希腊诡辩家的利用荷马。铃木虎雄说得好：

孔子尝解释诗，对于诗的原意特别注重把来安上一种政教上的特别的意义来应用。……例如述到逸诗："唐棣之华，偏其反而；岂不尔思，室是远而。"必评论说："未之思也夫！何远之有！"（《论语·子罕》篇）原篇虽是说男女相思，因居室远而相背的。对于这下一转语，可说是相思底程度不够，倘若真相思便没有所谓远这一回事的，恰如利用所谓："仁，远乎哉？我欲仁，斯仁至矣。"（《论语·述而》篇）的意义一样。政教下的谈话成了干燥无味［之谈，而］①由此得救了。又在《大学》里引《诗》云："邦畿千里，惟民所止。"（《商颂·玄鸟》）《诗》云："缗蛮黄鸟，止于丘隅。"（《小雅·鱼藻之什缗蛮》）也说："于止，知其所知，可以人而不如鸟乎。"（《大学》）掇拾"止"字以利用《大学》的"止于至善"。……子夏问到《诗》里所说："巧笑倩兮，美目盼兮，素以为绚兮。"是怎样解释，孔子答以："绘事后素。"子夏遂说道："礼后乎？"（《论语·八佾篇》）孔子又说子夏是"可与

_____

① 中括号内文字为首版校注者所加。

言诗"的。甚至称赞为"起予者商也"。但这种问答诗底原意已被遗却，只是借诗以作为自己讲学上的说话而已。（《中国古代文艺论史》第一编第四章）

这"巧笑倩兮，美目盼兮，素以为绚兮"，是何等的美！可惜孔子不是个创作家，不是个文学批评家，所以没有美的欣赏。有孔子这样引领在前，后世文人自然是忽略了文学本身的欣赏，而去看古文古诗中字字有深意，处处有训诫，于是文以载道明理便成了他们的信条。

周代诸子差不多都是自成一家之言。他们的文字虽然很好，象老子的简练，庄子的驰畅，可是他们很少谈到文学，而且有些藐视孔门的好古饰辞的，象"仲尼方且饰羽而画，从事华辞"（《庄子·列御寇》篇）之类。正是"老庄之作，管孟之流，盖以立意为宗，不以能文为本"（《文选序》）。只有孔子和他的几个门徒是以由考古传经而得致太平之术的，于是讨论诗文也成了他们的附带作业。他们是整理古著从而证明他们的哲学，对于文学的创作与认识是不大注意的。他们的功劳是保存了古礼古乐古诗，且加以研究；他们的坏处是把礼乐与文学全作了政治思想的牺牲品。"故正得失，动天地，感鬼神，莫近于诗。先王以是经夫妇，成孝敬，厚人伦，美教

化，移风俗。"（《关雎序》）诗的用处越来越扩大了！他们
能作得出：

> 日月忽其不淹兮，春与秋其代序；
>
> 惟草木之零落兮，恐美人之迟暮。
>
> 不抚壮而弃秽兮，何不改乎此度；
>
> 乘骐骥以驰骋兮，来吾道夫先路。（《离骚》）

那用"善鸟香草以配忠贞，恶禽臭物以比谗佞，灵修美人
以媲于君，宓妃佚女以譬贤臣，虬龙鸾凤以托君子，飘风云
霓以为小人"（王逸《楚辞章句·离骚序》），来解释《离
骚》的，也是深受孔门说诗的毒——这点毒气至今也没扫除
净尽！

汉魏六朝文论：汉代崇儒，能通一艺以上者，补文学掌故
缺。六艺都是文学，失去独立的领域。这时候的传诗的人们，
分头去宣传自家师说；《关雎》到底是说某夫人的事，《宛
丘》到底是讥刺谁，是他们研究与争论的要点；《诗》已成
了"经"，它的文学价值如何，没有什么人过问了。

这时代的文学作品要算赋最出风头。对于赋的批评有扬

雄的：

> 诗人之赋丽以则，辞人之赋丽以淫。（扬子《法言·吾子》篇）

有司马相如的：

> 合綦组以成文，列锦绣而为质，一经一纬，一宫一商，此赋之迹也。赋家之心，包括宇宙，总揽人物，斯乃得之于内，不可得而传。（《西京杂记》）

前者由作家把赋分为两等——诗人的与辞人的；后者把赋的形体和作者的资格提道一下；二者全没说到赋在文学上的价值如何。

班固便简直不承认赋的价值，他说：

> ……其后宋玉、唐勒。汉兴枚乘、司马相如，下及扬子云，竟为侈丽闳衍之词，没其讽谕之义。（《汉书·艺文志》）

赋本来是一种极笨重的东西，"竟为侈丽闳衍之词"的判断是不错的；但是以失古诗讽谕之义来打倒它，仍是以实效立论，没有什么重要的意义。所以铃木虎雄说：

> 自孔子以来至汉末，都是不能离开道德以观文学的，而且一般的文学者单是以鼓吹道德底思想作为手段而承认其价值的。但到魏以后却不然，文学底自身是有价值的底思想已经在这时期发生了。所以我以为魏底时代是中国文学史上的自觉时代。（《中国古代文艺论史》第二编第一章）

那么，我们就看一看魏晋六朝的文说：曹家父子有很高的文学天才，论文也有独到之处。在曹丕的《典论·论文》里，有三点可以叫我们注意的：

（一）他说："夫文本同而末异，盖奏议宜雅，书论宜理，铭诔尚实，诗赋欲丽。此四科不同，故能之者偏也；唯通才能备其体。"

这是清清楚楚指出文的内容不同，作法也就有别。说理的文自然以条理清楚为主，而诗赋便当写得美丽。他虽然没有说出为什么要如此，可是他真有了文学的欣赏，承认美是为文的要素之一。以前的人们是以体道而摹古，他现在是主张爱美的了。

> 魏之三祖，更尚文词。忽君子之大道，好雕虫之小艺。下之从上，有同影响，兢驰文华，遂成风俗。江左齐、梁，其弊弥甚：贵贱贤愚，唯务吟咏。遂复遗理存异，寻虚逐微。竞一韵之奇，争一字之巧。连篇累牍，不出月露之行；积案盈箱，唯是风云之状。（《隋书·李谔传》李谔上书正文体）

这是后世守道明理者对"诗赋欲丽"的反攻，仍要把文学附属在道德之下，但适足以说明曹家父子对文学界的影响如何伟大了。

（二）《典论·论文》里又说："年寿有时而尽，荣乐止乎其身。二者必至之常期，未若文章之无穷。是以古之作者，寄身于翰墨，见意于篇籍，不假良史之辞，不托飞驰之势，而声名自传于后。"

曹丕《与王朗书》里也说："生有七尺之形，死惟一棺之土。惟立德扬名，可以不朽；其次莫如著篇籍。"

这些话虽然没有说出文学是认识生命、解释生命的，可是承认了为文学而生活是值得的。自然这里的名利计较还很深，但因求不朽之名以致力文章，实足以鼓舞起创作的兴趣与勇气。

（三）曹丕又说："文以气为主。"气是什么？很难断定。但是我们至少可以从此语看出：为文的要件是由内心表现自己，不是为什么道什么理作宣传。这里至少是说文当以什么为主，不是文当说明什么；气必是在文内的，道理等是外来的。

以上三点虽仍未说明文学是什么，但是对于文学的认识，确已离开实效而专以文论文了。

以下讨论陆机的《文赋》：

陆机的《文赋》比近人的一开口便引"文，错画也"真够高明的多了。他开口便是：

> 伫中区以玄览，颐情志于典坟。遵四时以叹逝，瞻万物而思纷。悲落叶于劲秋，喜柔条于芳春。心懍懍以怀霜，志眇眇而临云。

这是说文是感物激情而发的，不是什么"文者务为有补于世"。有深刻的观察，有敏锐的情感，有触于内心，那创作欲便起了火焰，便欲罢不能的非写不可；那写出来的便是物我的

联合。所以，

　　其始也，皆收视反听，耽思傍讯，精骛八极，心游万仞。……谢朝华于已披，启夕秀于未振。观古今于须臾，抚四海于一瞬。

心有所感，便若痴若狂。想象与思维的联合，使心灵荡漾在梦境里。那方寸之地，忽然与宇宙同样的广大，上帝似的在创造一切；忽然缩敛，象一丝花蕊般细嫩，在春风里吻着阳光。于是，

　　笼天地于形内，挫万物于笔端。始踯躅于燥吻，终流离于濡翰。理扶质以立干，文垂条而结繁。信情貌之不差，故每变而在颜。思涉乐其必笑，方言哀而已叹。或操觚以率尔，或含毫而邈然。

我们再看他对技术方面怎样说："诗缘情而绮靡，赋体物而浏亮，碑披文以相质，诔缠绵而凄怆……"这是体格不同，当配以相当的文字。

"其为物也多姿，其为体也屡迁。其会意也尚巧，其遣言

也贵妍。暨音声之迭代，若五色之相宣。"这是文辞音声应求妍美。

"或寄辞于瘁音，言徒靡而弗华；混妍蚩而成体，累良质而为瑕……"这是一些文病。

但是为文到底有一定的规则没有呢？他不肯武断的说。他只说：

> 若夫丰约之裁，俯仰之形，因宜适变，曲有微情：或言拙而喻巧，或理朴而辞轻，或袭古而弥新，或沿浊而更清，或览之而必察，或研之而后精。

这似乎是说：文无定法，技有巧拙，要在审事达情，必求其适了。

统观全文，可以看出两个要点来：一、文学是心灵的产物，没有心情的激动便没有创造的可能。这个说法又比曹丕的以求不朽之名为创作的动机确切多了。二、作文的手段，如文字的配置，音声的调和等，是必要的，不如是，文章便不会美好。

发于心灵，终于技术，这是《义赋》的要义。陆机虽没能逐条详加说明（假如他不用赋体作这篇文章，他一定会解说的更透彻一些；自然，也许因为不用赋体，它便不会传流到现在），可是这些指示，对文学已有了相当的体认了解。我们可以替他下一条文学定义：文学是以美好的文字为心灵的表现。

《后汉书》的著者范晔，主张"以意为主，以文传意"（范晔《狱中与诸甥侄书》）。同时他拿"性别宫商，识清浊，斯自然也"去讲究音调。

以意为主是重在讲说什么，便是要分别什么是该说的与什么是不该说的；这比以情为主的文学欣赏又低落了许多，因为文学的成功以怎样写出为主，说什么是次要的。况且传达"意"的自有哲学与科学，不必一定靠着文学。但是不论是文以情为主，是以意为主，他们——陆机、范晔——都由作家的立场来说文的主干是什么，不是替别人宣传什么文学以外的东西了；他们也全以为音调的讲究为必要的。

音调的讲究渐渐成了文学的重要问题。在《南齐书·陆厥传》里说：

> 永明末，盛为文章。吴兴沈约，陈郡谢朓，琅琊王融，以气类相推毂；汝南周颙，善识声韵。约等文皆用宫商，以平上去入为四声，以此制韵，不可增减，世呼为"永明体"。

沈约是四声八病的首创者，这种讲究看着虽然很纤巧，但是中国言语本是"声的言语"；声的调配实是叫文章美好的要件。当这"盛为文章"的时代，由主义而谈到技术上去，是当然的步骤。这四声八病的规定，虽叫文人只留意技术方面，可是这不能不算对言语的认识有了进步；文学本来是以言语为表现工具的，怎样利用工具的研究是应有的。沈约《答陆厥书》里说："自古辞人，岂不知宫羽之殊，商徵之别。虽知五音之异，而其中参差变动，殊昧实多。故鄙意所谓比秘未睹者也。以此而推，则知前世文士，便未悟此处。"这明明是说声韵的分析与利用是一种新的发现。

这技术上的讲求，自然不算什么了不得的事，但足以证明那时候文学确是成了独立的艺术，一字一声也不许随便用了。这正象乐器的改善足以帮助音乐进步，光线颜色的研究叫画家更足以充分的表现。自然，专修美工具是不能产生出伟大作品的，但这不能不算是艺术进展中必有的一步。

现在我们看萧统的文说：他是很爱读书的人，他并且把所见过的文章选出来，作一部模范读本——《文选》。这个工作的第一步自然是要决定："什么是义。"他说：

若夫姬公之籍，孔父之书，与日月俱悬，鬼神争奥，孝敬之准式，人伦之师友；岂可重以芟夷，加以剪截！（《文选序》）

他一面推崇姬、孔，一面暗示出这些经艺根本不能算作纯文学；于是托词不敢芟夷剪截，轻轻的推在一边。

还有："老庄之作，管孟之流，盖以立意为宗，不以能文为本。今之所撰，又以略诸。"说理讲哲学的著作，不是为爱好文学而作的，也就不取。（打倒了"以意为主"）

"若贤人之美辞，忠臣之抗直，谋夫之话，辨士之端……盖乃事美一时，语流千载；概见坟籍，旁出子史。若斯之流，又亦繁博，虽传之简牍，而事异篇章。今之所集，亦所不取。"这是说事实虽美，毫无统系，而且不是文学上有意的创作品，也就放在一边。

"至于记事之史，系年之书，所以褒贬是非，纪别异同；方之篇翰，亦已不同。"史书是记载事实的，也不是纯粹文学作品，所以也不取。

那么，什么样的作品才合格呢？只有："事出于沉思，义归乎翰藻"的方能被选。这个大胆的择取，便把经、史、子、杂说，全驱到文学的华室之外，把六艺即文学的说法根本推翻。有想象的，有整个表现的，有辞藻的，才能算文；不如此的不算。这个规定把"文"与"非文"从古籍里分析开，使在历史上与文学上"文"与"非文"截然分立；差不多象砌了一堵长墙，墙上写着：这边是文学，那边是文学以外的作品！这个"清党工作"真是非常勇敢的，大有益于文学独立的。

以下我们谈《文心雕龙》：

我们一提到文学理论与批评，似乎便联想到《文心雕龙》了。不错，它确乎是很丰富、很少见的一部文学评论。看它的内容多么花哨：

关于说明文学体质的有《原道》《征圣》《宗经》《正纬》等篇。

分论文体格式的有《辨骚》《明诗》《乐府》《诠赋》《颂赞》《祝盟》《铭箴》……

讨论修辞与作文法理的有《神思》《体性》《风骨》《通变》《定势》《情采》……

但是，我们设若细心的读这些篇文章，便觉得刘勰只是总集前人之说，给他所知道的文章体格，一一的作了篇骈俪文章，并没有什么新颖的创见。看他在《原道篇》里说："傍及万品，动植皆文：龙凤以藻绘呈瑞，虎豹以炳蔚凝姿。云霞雕色，有逾画工之妙；草木贲华，无待锦匠之奇。"

这又是以"文"谈"文学",根本没有明白他所要研究的东西的对象。至于说:"夫以无识之物,郁然有彩,有心之器,其无文欤!"便牵强得可笑!动植物有"纹",所以人类便当有"文";那么牛羊有角,我们便应有什么呢?

在《宗经》里:

> 经也者,恒久之至道,不刊之鸿教也。故象天地,效鬼神,参物序,制人纪;洞性灵之奥区,极文章之骨髓者也。

经是文章的骨髓,自然文士便不许发表自家的意见,只许依经阐道了——文学也便呜呼哀哉了!不怪他评论《离骚》那样伟大的作品也是:

> (故)其陈尧、舜之耿介,称汤、武之祗敬,典诰之体也。讥桀、纣之猖披,伤羿、浇之颠陨,规讽之旨也;虬龙以喻君子,云霓以譬谗邪,比兴之义也。每一顾而淹涕,叹君门之九重,忠怨之辞也。观兹四事,同于《风》《雅》者也。(《辨骚》)

这样以古断今，是根本不明白什么叫创作。《诗》是《诗》，《骚》是《骚》，何必非把新酒装在旧袋子里呢！论到文章的体格，他先把字解释一下，如："诗者持也"，"赋者铺也"，"颂者容也"，等等。然后把作家混含的批评一句，如"孟坚《两都》，明绚以雅赡。张衡《二京》，迅发以宏富"，等等。前者未曾论到文学的价值——赋到底是体物写志的好工具不是？后者批评作品混含无当，作者执笔为文时可以有一两个要义在心中为一篇的主旨；批评者便应多方面去立论，不能只拿一两句话断定好坏。

至于章表奏启本来是实用文字，史传诸子本是记事论理之文，它们的能作文学作品看，是因为它们合了文学的条件，不是它们必定都在文学范围之内。刘勰这样逐一说明，比萧统的把经史诸子放在文学范围之外的见识又低多了。

说到措辞与文章结构，这本来是没有一定义法的；修辞学不会叫人作出极漂亮的诗句，文章法则只足叫人多所顾忌因沿。法则永远是由经验中来的，经验当然是过去的，所以谈到"风骨"，他说："若能确乎正式，使文明以健，则风清骨峻，篇体光华。"这"正式"是哪里来的？不是摹古么？说到"定势"，他便说："旧练之才，则执正以驭奇；新学之锐，则逐奇而失正。势流不返，则文体遂弊。"这是说新学

　　　　　　　　文学概论讲义

之锐，有所创立是极危险的。文学作品是个性的表现，每人有他自己的风格笔势，每篇文章自有独立的神情韵调；一定法程，便生弊病，所以《文心雕龙》的影响一定是害多利少的，因为它塞住了自由创造的大路。

总之，这本书有两大缺点：

一、刘勰的"道沿圣以垂文，圣因文而明道"是把文与道捏合在一处，是六朝文论的由盛而衰。

二、细分文体，而没认清文学的范围。空谈风神气势，并无深到的说明。

这么看，《文心雕龙》并不是真正的文学批评，而是一种文学源流、文学理论、修辞、作文法的混合物。它的好处是把秦汉以前至六朝的文说文体全收集来，作个总结。假如我们看清这一点，它便有了价值，因为它很可以供给我们一些研究古代文学的材料。假如拿它当作一本教科书，象欧洲早年那样读亚里士多德的《修辞学》与《诗学》，便很容易断章取义，把文学讲到歧途上去。刘勰自己也说，"铨序一文为易，弥纶群言为难"和"同之与异，不屑古今；擘肌分理，唯务折衷"。这弥纶群言，是他的功劳；虽然有时是费力不讨好。这唯务折衷，便失去了创立新说的勇气。

和《文心雕龙》的结构不同，而势力差不多相等的，有钟嵘的《诗品》。前者是包罗一切的，后者是专论诗家的源流，并定其品次。王世贞说："吾览钟记室《诗品》，折衷情文，裁量时代，可谓允矣，词亦奕奕发之；第所推源，出于何者，恐未尽然。"诚然，钟嵘对于各家作品强求来源，如李陵必出于《楚辞》，班婕妤又必发于李陵等，何所据而云然？他说："使味之者无极，闻之者动心，是诗之至也。"本来是极精到的话；可是他又说，"诗有三艺焉：一曰兴，二曰比，三曰赋。文已尽而意有余，兴也。因物喻志，比也。直书其事，寓言写物，赋也。宏斯三义，酌而用之，干之以风力，润之以丹彩"，然后"味之者无极，闻之者动心，是诗之至也"（《诗品序》）。这分明是说以古体为主，加以自家的精力，才能成好诗；于是每评一人，便非指出他的来源不可。而且是来源越古的，品次也就越高——上品都是源出国风、《楚辞》与古诗的。这个用合古与否作评断的标准，是忘却了文学是表现时代精神而随时进展的。

至于评论各家也不完全以诗为主眼，如提到李陵，他说："陵名家子，有殊才；生命不谐，声颓身丧。使陵不遭辛苦，其文亦何能如此？"这并没有论到李陵的诗的好处何在。就是以诗立论的，也嫌太空泛，如说曹植的诗是："骨气奇高，词彩华茂，情兼雅怨，体披文质，粲溢古今，卓尔不群。"如说嵇康是:"颇似魏文,过于峻切,讦直露才,伤渊雅之致。然托喻清远,良有鉴裁,亦未失高流矣。"使我们对于这些诗人并没有什么深刻的了解,只觉得这是些泛泛的批语而已。

本来一篇诗的成就不是很简单的事,作家的人格,作风,情趣,技术都混合在一处;那么,只拿几个字来评定一个诗家的作品是极难的事,就是勉强的写出来,也往往是空洞的。况且,从诗的欣赏上立论,我们读诗的时候,它只给我们心灵的激动,并不叫我们随读随想那一点是诗人的人格,那一点是诗人的感情,而且是一个"整个"的。正如喝柠檬水一样,如果半瓶是苏打水,半瓶是柠檬汁,并没有调匀在一处,又有什么好喝呢。所以,就是有精细的分析,把诗人的一切从诗中剥脱出来,恐怕剥完了的时候,那诗的作用一点也不存在了。

钟嵘也知道:

> 至乎吟咏情性,亦何贵于用事。"思君如流水",即是即目;"高台多悲风",亦惟所见;"清晨登陇首",羌无故实;"明月照积雪",讵出经、史。观古今胜语,多非补假,皆由直寻。(《诗品序》)

如果他始终抱定这个"直寻"来批评，当然强寻源流的毛病便没有了，对于诗的欣赏也一定更深切了。

至于把诗人分成若干等级是极难妥当的事。设若不把什么是诗人先决定好，谁能公平的给诗人排列次序呢？同时，诗人所应具备的性格、能力与条件，又太多了，而且对这些条件又是一人一个看法，怎能规定出诗人到底是什么呢？就是找出诗人必备的条件，还有个难题，什么是诗呢？这是文学理论中最困难的两个问题；不试着解决这个，而凭个人的主张来评定诗人与诗艺的等次，是种很危险的把戏。

他对于声律的讲求，有很好的见解：

> 余谓文制，本须讽读，不可蹇碍。但令清浊通流，口吻调利，斯为足矣。（《诗品序》）

如果他抱定"直寻"和"口吻调利"来写一篇诗论，当比他这样一一评论，强定品次强得多了。以情性的自发，成为音调自然的作品，岂不是很好的理论么。

以上这些论调，无论怎样不圆满，至少叫我们看得出：自魏以后，文学的研究与解释已成了独立的，这不能不算是一个大进步。

第三讲　中国历代文说（下）

唐代文说： 唐代是中国诗最发达的时代，有"诗中有画"的王维；有富于想象，从空飞来的李白；有纯任性灵，忠实描写的杜甫；有老妪皆解，名妓争唱的白居易；还有，呕，太多了，好象唐代的人都是诗人似的！在这么灿烂的诗国里，按理说应有很好的诗说发现了，而事实上谈文学的还是主张文以载道；好象作诗只是一种娱乐，无关乎大道似的。那以圣贤自居的韩愈是如此，那最会作诗的白居易也如此，看他《与元微之论作文大旨书》里说：

> 诗之豪者，世称李、杜。李之作，才矣，奇矣，人不逮矣；索其风雅比兴，十无一焉。……

其实李白的好处，原在运用他自己的想象，不管什么风雅比兴，孰知在这里却被贬为不明谕讽之道了！他又说：

> 仆常痛诗道崩坏，忽忽愤发，或食辍哺，夜辍寝，不量才力，欲扶起之！

这是表明他为诗的态度——不是要创造一家之言，而是志在补残葺颓。他接着说：

> 及再来长安，又闻有军使高霞寓者，欲聘娼妓。妓大夸曰："我诵得白学士《长恨歌》，岂同他妓哉？"由是增价。又足下书云：到通州日，见江馆柱间有题仆诗者，复何人哉？又昨过汉南日，适遇主人集众乐娱他宾，诸妓见仆来，指而相顾曰："此是《秦中吟》《长恨歌》主耳。"自长安抵江西，三四千里，凡乡校、佛寺、逆旅、行舟之中，往往有题仆诗者。士庶、僧徒、孀妇、处女之口，每每有咏仆诗者。此诚雕虫之技，不足为多！然今时俗所重，正在此耳。

他的诗这样受欢迎，本来足以自豪了，他却偏说："雕虫之戏，不足为多。"那么，他志在什么呢？在这里：

仆志在兼济，行在独善；奉而始终之则为道，言而发明之则为诗。谓之讽谕诗，兼济之志也；谓之闲适诗，独善之义也。故览仆诗，知仆之道焉。其余杂律诗，或诱于一时一物，发于一笑一吟，率然成章，非平生所尚者。（白居易《与元微之论作文大旨书》）①

兼济与独善是道德行为，何必一定用诗作工具呢。恐怕那些在"士庶僧徒，孀妇处女之口"的，正是那发于一吟一笑的作品吧？

这个载道的运动，当然以"文起八代之衰，而道济天下之溺"的韩愈为主帅了。他的立论的基础是"道为内，文为外"。看他怎样告诉刘正夫：

或问为文宜何师？必谨对曰：宜师古圣贤人。曰：古圣贤人所为书具存，辞皆不同，宜何师？必谨对曰：师其意，不师其辞。（韩愈《答刘正夫书》）

---

① 即白居易《与元九书》。——首版校注

这为文宜何师的口调，根本以文章为一种摹拟的玩艺，其结果当然是师古。所以他"学之二十余年矣，始者非三代两汉之书不敢观，非圣人之志不敢存。"这极端的崇古便非把自家的思想牺牲了不可。思想既有一定，那么文人还有什么把戏可耍呢？当然是师其意不师其辞了。把辞变换一下，不与古雷同，便算尽了创作的能事。其实，文章把思想部分除去，而只剩一些辞句——纵使极美——又有什么好处呢？

孔家的说诗，是以诗为教育政治的工具；到了韩愈，便直将文学与道德粘合在一处，成了不可分隔的，无道便无文学。

道到底是什么呢？由韩愈自己所下的定义看，是："博爱之谓仁，行而宜之之谓义，由是而之焉之谓道。"（《原道》）他这个道不是怎么深奥的东西，如老子那无以名之的那一点。这个道是由仁与义的实行而获得的。这样，韩愈的思想根本不怎样深刻，又偏偏爱把这一些道德行为的责任交给文学，那怎能说得通呢！道德是伦理的，文学是艺术的，道德是实际的，文学是要想象的。道德的目标在善，文艺的归宿是美；文学嫁给道德怎能生得出美丽的小孩呢。柏拉图（Plato）是以文学为政治工具的，可是还不能不退一步说：

假如诗能作责任的利器，正如它为给愉快的利器，正义方面便能多有所获得。

但是，诗是否能这样脚踩两只船呢？善与美是否能这样相安无事呢？——这真是个问题！

"文起八代之衰"的功劳是在乎提高了散文的地位，但是这个运动的坏处是使"文"包括住文学，而把诗降落在散文之下；因为"文"是载道的工具，而诗——就是韩愈自己也有极美艳的诗句——总是脱不了歌咏性情，自然便不能冠冕堂皇的作文学的主帅了。因为这样看轻了诗，所以词便被视为诗余，而戏曲也便没有什么重要的地位。诗与散文的分别，中国文论中很少说到的。这二者的区分既不清楚，而文以载道之说又始终未敲打破，于是诗艺往往要向散文求些情面，象白居易那样的"奉而始终之则为道，言而明之则为诗"，以求诗艺与散文有同等的地位，这是很可怜的。

那最善于作小品文字的柳宗元的游记等文字是何等的清峭自然，可是，赶到一说文学，他也是志在明道。他说：

> 及长，乃知文者以明道，是固不苟为炳炳烺烺，务彩色、夸声音而以为能也。凡吾所陈，皆自谓近道；而不知道之果近乎，远乎？吾子好道，而可吾文，或者其于道

不远矣。……本之《书》以求其质，本之《诗》以求其恒，本之《礼》以求其宜，本之《春秋》以求其断，本之《易》以求其动，此吾所以取道之原也。（《答韦中立论师道书》）

有了取道之原，文章不美怎办呢？他说：

文有二道：辞令褒贬，本乎著述者也；导扬讽谕，本乎比兴者也。著述者流，盖出于《书》之谟、训，《易》之象、系，《春秋》之笔削；其要在于高壮广厚，词正而理备，谓宜藏于简册也。比兴者流，盖出于虞、夏之咏歌，殷、周之风雅；其要在于丽则清越，言畅而意美，谓宜流于谣诵也。兹二者，考其旨义，乖离不合。故秉笔之士，恒偏胜独得，而罕有兼者焉。（《杨评事文集后序》）

这又似乎舍不得文采动听那一方面，而想要文质兼备，理词两存，纵然"道"是那么重要，到底他不敢把"美"完全弃掷不顾呀。

这种怵惕的论调实在不如司空图的完全以神韵说诗，看：

俯拾即是，不取诸邻，俱道适往，著手成春。如逢花开，如瞻岁新。真与不夺，强得易贫。幽人空山，过雨采蘋。薄言情悟，悠悠天钧。（《二十四诗品·自然》）

这是何等的境界！不要说什么道什么理了，这"情悟"已经够了。再看：

娟娟群松，下有漪流。晴雪满汀，隔溪渔舟。可人如玉，步屧寻幽，载瞻载止，空碧悠悠。神出古异，淡不可收：如月之曙，如气之秋。（《清奇》）

这种具体的写出诗境，不比泛讲道德义法强么？他不说诗体怎样，效用怎样；他只说诗的味道有雄浑，有高古等等，完全从神韵方面着眼。这自然不足以说明诗的一切，可是很灵巧的画出许多诗境的图画，叫人深思神往；这比李白的"大雅久不作，吾衰竟谁陈？……我志在删述，垂晖映千春。希圣如有立，绝笔于获麟"的以作诗为希圣希贤的道途要高尚多少倍呢！

宋代文说：宋朝词的发达，与白话的应用，都给文学开拓了新的途径；按理说这足以叫文人舍去道义，而创树新说了。可是，事实上作者仍是拿住"道"字不放手；那善于文词的欧阳修还是说：

> 夫学者未始不为道，而至者鲜焉。非道之于人远也，学者有所溺焉尔。盖文之为言，难工而可喜，易悦而自足，世之学者，往往溺之；一有工焉，则曰："吾学足矣。"甚者至弃百事不关于心，曰："吾文士也，职于文而已。"此其所以至之鲜也。……圣人之文虽不可及，然大抵道胜者，文不难而自至也。（《答吴充秀才书》）

"道胜，文不难自至"，真有些玄妙。文学是艺术的，怎能因为"道胜"便能成功呢？图画也是艺术的一枝，谁敢说"道胜，画遂不难而至"呢？

王安石便说得更妙了："尝谓文者，礼教治政云耳。……'言之不文，行之不远'云者，徒谓'辞之不可以已也；非圣人作文之本意也'。"（《上人书》）这简截的把辞推开，而所谓文者只是一种有骨无肉的死东西。"且所谓文者，务为有补于世而已矣。所谓辞者，犹器之有刻镂绘画也。诚使巧且华，不必适用。诚使适用，亦不必巧且华。"假如这个说法不错，那"心在水精域，衣霑春雨时"便根本不算好诗；因为在水精域里有什么好？衣被春雨霑湿，岂不又须费事去晒干？

还是论诗的严羽有些见解：

> 大抵禅道惟在妙悟，诗道亦在妙悟。且孟襄阳学力下韩退之远甚，而其诗独出退之之上者，一味妙悟故也。惟悟乃为当行，乃为本色。……天下有可废之人，无可废之言。诗道如是也。……
>
> 夫诗有别材，非关书也。诗有别趣，非关理也。而古人未尝不读书、不穷理。所谓不涉理路、不落言筌者，上也。诗者，吟咏情性也。盛唐诸人惟在兴趣，羚羊挂角，无迹可求。故其妙处莹彻玲珑，不可凑泊，如空中之音，相中之色，水中之月，镜中之象，言有尽而意无穷。（《沧浪诗话·诗辨》）

只这几句已足压倒一切，这才是对诗有了真正了解！"诗之道在妙悟"，是的；诗是心声，诗人的宇宙是妙悟出来的宇宙；由妙悟而发为吟咏，是心中的狂喜成为音乐。只有这种天才，有这种经验，便能成为好句，所以"有可废之人，无可废之言"；道德与诗是全不相干的。道德既放在一边了，学理呢？学理是求知的，是逻辑的；诗是求感动的，属于心灵的；所以"妙不关于学理"。诗人的真实是经过想象浸洗过的，所以象水中之月，镜中之象。由兴趣而想象是诗境的妙悟；这么说诗，诗便是艺术的了。司空图和严羽真是唐宋两代谈文学的光荣。他们是在诗的生命中找出原理，到了不容易说出来的时候——谈艺术往往是不易直接说出来的——他们会指出诗"象"什么，这是真有了解之后，才能这样具体的指示出来。

宋代还有许多诗话的著作，但是没有象严羽这样切当的，在这里也就不多引用了。

元明清文说：元代的小说戏曲都很发达，可是对小说戏曲并没有怎么讨论过。王国维在他的《宋元戏曲史》里说："元杂剧之为一代之绝作，元人未之知也。明之文人，始激赏之；至有以关汉卿比司马子长者。"至于小说，直至金圣叹才有正式的欣赏宣传。元代文人的论断文学多是从枝节问题上着眼，象陈绎曾的《文筌》与《文说》，徐师曾的《文体明辨》等，都没有讨论到文学的重要问题上去。

到了明代，论文的可分为两派：一派是注重格调的，一派是注重文章义法的。在前一派里，无论是论文是论诗，都是厌弃宋人的浅浮，而想复古，象李梦阳的诗宗盛唐，王世贞的"文必两汉，诗必盛唐"。他们的摹古方法是讲求格调，力求形式上的高古堂皇。李梦阳说：

> 诗至唐而古调亡矣。然自唐，调可歌咏，高者犹足被管弦。宋人主理不主调，于是唐调亦亡。黄陈师法杜甫，号大家；今其词艰涩不香色流动，如入神庙坐土木骸，即冠服与人等，谓之文可乎？夫诗比兴错杂，假物以神变者也。难言不测之妙，感触突发，流动情思，故其气柔厚，其声悠扬，其言切而不迫，故歌之心畅，而闻之者动也。宋人主理作理语，于是薄风云月露一切铲去不为。又作诗话教人，不复知诗矣。诗何尝无理，若专作理语何不作文而诗为耶？（《缶音序》）

这段议论颇有些道理，末两句把诗与文的界分也说明了一点。设若他专从"难言不测之妙，感触突发……"上用工夫，他的作品当然是有可观的；可惜他只在形式上注意，并没有实行自家的理想，所以《四库总目·空同集提要》里说："句拟字摹，食古不化，亦往往有之。"

他对于文以载道也有很好的见解，他说："道，自道者也；有所为皆非也。"（梦阳《道录序》）又说："古之文以行，今之文以葩；葩为词腴，行为道华。"（梦阳《文箴》）根据这个道理，他攻击宋人的"无美恶皆欲合道传志"。他不小看"道"，但他决不愿因"道"而破坏了文学。但是，他因此而骂："宋儒兴，古之文废"，是他一方面攻击宋人，一方面又不敢大胆的去改造；只是一步跨过宋代，而向更古的古董取些形式上的模范；这是他的失败。

王慎中初谈秦汉，谓东京以下无可取。后来明白了欧曾作文的方法，尽焚旧作，一意师仿。这是第二派——由极端的师古，变为退步的摹拟，把宋文也加在模范文之内。那极端复古的是专在格调上注意；这唐宋兼收的注重讲求文章的义法。茅坤的《八大家文钞》便把唐宋八家之文当作古文。归有光便是以五色圈点《史记》，以示义法。

这两派的毛病在摹古，虽然注意之点不同。所谓格调，所谓义法，全是枝节问题，未曾谈到文学的本身。《四库提要》里说得很到家："自李梦阳《空同集》出，以字句摹秦汉，而秦汉为窠臼。自坤《白华楼稿》出，以机调摹仿唐宋，而唐宋又为窠臼。"

到了清代，论诗的有王士祯之主神韵，沈德潜的重格调，袁枚的主性灵。王的注重得意忘言，平淡静远，是忘了诗人的情感不一定永是恬静的。"空山不见人，但闻人语响"自然是幽妙之境了，可是杜甫的《兵车行》也还是好诗。诗中有画自是中国诗的妙处，可是往往因求这个境界而缺乏了情感，甚至于带出颓废的气象，正如袁枚说："阮亭于气魄、性情，俱有所短。"（《诗话》卷四）

沈德潜是重格调的，字面力求合古，立言一归于温柔敦厚。他对于古体近体都有所模范，而轻视元和以下的作品。他也被袁枚驳倒："诗有工拙，而无古今。"（《答沈大宗伯论诗书》）他更极有趣的说明："子孙之貌，莫不本于祖父，然变而美者有之，变而丑者亦有之；若必禁其不变，则虽造物亦有所不能。先生许唐人之变汉、魏，而独不许宋人之变唐，惑也！"沈的主张温柔敦厚，袁枚也有很好的驳辩，他说："艳诗宫体，自是诗家一格。孔子不删郑、卫之诗，而先生独删次回之诗，不已过乎！"又说："夫《关雎》即艳诗也，以求淑女之故，至于辗转反侧，使文生于今遇先生，危矣哉！"（《再答沈大宗伯书》）

袁枚可以算作中国最大的文学批评家。他对神韵说，只承认神韵是诗中的一格，但是不适宜于七言长篇等。对格调说，他不承认诗体是一成不变的。对诗有实用说，他便提出性灵来压倒实用。看他怎样主张性灵：

> 诗者，人之性情也。近取诸身而足矣。（《诗话·补遗》卷一）
>
> 凡作诗者，各有身分，亦各有心胸。（《诗话》卷四）
>
> 凡作诗，写景易，言情难。何也？景从外来，目之所触，留心便得；情从心出，非有一种芬芳悱恻之怀，便不能哀感顽艳。然亦各人性之所近。（《诗话》卷六）

他有了这种见解，所以他敢大胆的批评，把格调神韵等都看作片面的问题，不是诗的本体论。有了这种见解，他也就敢说："诗有工拙，而无古今"的话了。这样的主张是空前的，打倒一切的；他只认定性灵，认定创造，那么，诗便是从心所欲而为言，无须摹仿，无须拘束；这样，诗才能自由，而文艺的独立完全告成了。

在论诗的方面有了袁枚，把一切不相干的东西扫除了去，可惜清代没有一个这样论文的人。一般文人还是舍不得"道"字，象姚鼐的"天地之道，阴阳刚柔而已；文者天地之精英，而阴阳刚柔之发也"（《复鲁絜非书》）。曾国藩的"古之知道者，未有不明于文字者也"（《与刘孟容书》），这类的话，我们已经听得太多，可以不再引了。总之，他们作文的目的还是为明道，作文的义法也取之古人；内容外表两有限制，自然产生不出伟大的作品。值得一介绍的，只有阮元和章学诚了。

阮元说：

> 昭明所选，名之曰文，盖必文而后选也，非文则不选也。经也，子也，史也，皆不可专名之为文也。（《书梁昭明太子文选序后》）

这是照着昭明太子的主张，说明一下什么是文。他又说：

> 为文章者，不务协音以成韵，修词以达远，使人易诵易记；而惟以单行之语，纵横恣肆，动辄千言万字；不知此乃古人所谓直言之言，论难之语，非言之有文者也，非孔子之所谓文也。《文言》数百字，几于字字用韵。孔子于此发明乾坤之蕴，铨释四德之名；几费修词之意，冀达意外之言。要使远近易诵，古今易传。……不但多用韵，抑且多用偶。……凡偶，皆文也。于物，两色相偶而

交错之，乃得名曰文；文即象其形也。（《文言说》）

这是说明文必须讲究辞藻对偶，不这样必是直言，不是文。自然非骈俪不算文，固属偏执；可是专以文为载道之具，忽略了文章的美好方面，也是个毛病。况且，设若美是文艺的要素，阮元的主张——虽然偏执——且较别家的只讲明理见道亲切一些了。

章学诚的攻击文病是非常有力的，看他讥笑归有光的以五色圈点《史记》：

五色标识，各为义例，不相混乱：若者为全篇结构，若者为逐段精采，若者为意度波澜，若者为精神气魄，以例分类，便于拳服揣摩，号为古文秘传。……夫立言之要，在于有物。古人著为文章，皆本于中之所见，初非好为炳炳烺烺，如锦工绣女之矜夸采色已也。富贵公子，虽醉梦中不能作寒酸求乞语；疾痛患难之人，虽置之丝竹华宴之场，不能易其呻吟而作欢笑；此声之所以肖其心，而文之所以不能彼此相易，各自成家者也。今舍己之所求，而摩古人之形似，是杞梁之妻善哭其夫，而西家偕老之妇，亦学其悲号；屈子之自沉汨罗，而同心一德之

朝，其臣亦宜作楚怨也，不亦慎乎！"（《文史通义·文理》）

再看他攻击好用古字的人们：

唐末五代之风诡矣！称人不名不姓，多为谐隐寓言。观者乍览其文，不知何许人也。如李曰"陇西"，王标"琅琊"，虽颇乖忤，犹曰著郡望也。庄姓则称漆园，牛姓乃称"太牢"，则诙嘲谐剧，不复成文理矣！（《文史通义·繁称》）

看他指摘文人的死守古典，而忘记了所写的是什么。

文人固能文矣，文人所书之人，不必尽能文也。叙事之文，作者之言也；为文为质，惟其所欲，期如其事而已矣。记言之文，则非作者之言也；为文为质，期于适如其人之言，非作者所能自主也。……抑思善相夫者，何必尽识"鹿车""鸿案"；善教子者，岂皆熟记"画荻""丸熊"。自文人胸有成竹，遂致阃修皆如板印。与其文而失实，何如质以传真也！（《文史通义·古文十弊》）

这些议论都是非常痛快，非常精到的。可惜，谈到文学本身，他还是很守旧的，如"战国之文皆源出于六艺"，又是牵强的找文学来源。"至战国而文章之变尽；至战国而后世之文体备"便是塞住文学的去路。他好象是十分明白摹古的弊病，而同时没有胆气去评断古代作品的真价值；这或者是因为受了传统思想的束缚，不敢叛经背道，所以只能极精切的指出后世文士的毛病，而不敢对文学本身有所主张。因此，他甚至连文集也视为不合于古："呜呼！著作衰而有文集，典故穷而有类书。学者贪于简阅之易，而不知实学之衰；狃于易成之名，而不知大道之散。"（《文史通义·文集》）古无文集，后人就不应刊刻文集，未免太固执了；难道古人不会印刷术，今人也就得改用竹帛篆写吗？

最近的文说：新文学的运动，到如今已经有四五十年的历史，最显著而有成绩的是"五四"后的白话文学运动。白话文学运动，从这个名词上看，就知道这是文学革命的一个局部问题；是要废弃那古死的文字，而来利用活的言语，这是工具上的问题，不是讨论文学的本身。胡适先生在主张用白话的时候，提出些具体的办法：

一、不做"言之无物"的文字。

二、不做"无病呻吟"的文字。

三、不用典。

四、不用套语烂调。

五、不讲究对仗。

六、不做不合文法的文字。

七、不摹仿古人。

八、不避俗语俗字。

这仍是因为提倡利用白话,而消极的把旧文学的弊病提示出来,指出新文学所应当避免的东西。中国文学经过这番革命,新诗、小说、小品文学,戏剧等才纷纷作建设的尝试。但是,设若我们细细考验这些作品,我们不能说新文学已把这"八不主义"做到;有许多新诗是不用中国典故了,可是,改用了许多古代希腊罗马神话中的故事与人物,还是用典,不过是换了典故的来源。"言之无物"与"无病呻吟"的作品也还很多,不合文法的文字也比比皆是。这种现象,在文学革命期间,或者是不可避免的;其重要原因,还是因为这个文学革命运动是局部的,是消极的,而没有在"文学是什么"

上多多的思虑过。就是有一些讨论到文学本身的，也不过是把西洋现成的学说介绍一下，我们自己并没有很大的批评家出来评判指导，所以到现在伟大的作品还是要期之将来的。

最近有些人主张把"文学革命"变成"革命文学"，以艺术为宣传主义的工具，以文学为革命的武器。这种主张是现代的文艺思潮。它的立脚点是一切唯物，以经济史观决定文学的起源与发展。俄国革命成功了，无产阶级握有政权，正在建设普罗列太里列①的文化。文艺是文化中的一要事，所以该当扫除有产阶级的产物，而打着新旗号为第四阶级宣传。

这种手段并不是新鲜的，因为柏拉图在他的《理想国》中也是想以文艺放在政治之下，而替政治去工作。就是中国的"文以载道"也有这么一点意味，虽然中国人的"道"不是什么具体的政治主义，可是拿文艺为宣传的工具是在态度上相同的。这种办法，不管所宣传的主义是什么和好与不好，多少是叫文艺受损失的。以文学为工具，文艺便成为奴性的；以文艺为奴仆的，文艺也不会真诚的伺候他。亚里士多德是比柏拉图更科学一点，他便以文艺谈文艺；在这一点，谁也承认他战胜了柏拉图。普罗文艺中所宣传的主义也许是很精确的，但是

---

① 即"普罗列塔利亚"——无产阶级的音译，简称"普罗"。——首版校注

假如它们不能成为文艺，岂非劳而无功？他们费了许多工夫证实文艺是社会的经济的产儿，但这只能以此写一本唯物文学史，和很有兴趣的搜求出原始文艺的起源；对于文学的创造又有什么关系呢？文艺作品的成功与否，在乎它有艺术的价值没有，它内容上的含蕴是次要的。因此，现在我们只听见一片呐喊，还没见到真正血红的普罗文艺作品，那就是说，他们有了题目而没有能交上卷子；因为他们太重视了"普罗"而忘了"文艺"。

第四讲　文学的特质

这一讲本来应称为"什么是文学"。什么是文学？恐怕永远不会得到最后的答案。提出几个文学的特质，和文学中的重要问题，加以讨论，借以得着个较为清楚的概念，为认识与欣赏文学的基础，这较比着是更妥当的办法。这个进程也不是不科学的，因为打算捉住文学的构成原素必须经过逻辑的手段，从比较分析归纳等得到那一切文学作品所必具的条件。这是一个很大的志愿，其中需要的知识恐怕不是任何人在一生中所能集取得满足的；但是，消极的说，我们有"科学的"一词常常在目前，我们至少足以避免以一时代或一民族的文学为解决文学一切问题的钥匙。我们知道，整个文学是生长的活物的观念，也知道当怎样留神去下结论，更知道我们的知识是多么有限；有了这种种的警惕与小心，或者我们的错误是可以更少一点的。

文学不是科学，正与宗教美学艺术论一样的有非科学所能解决之点，但是从另一方面看，科学的研究方法本来不是要使文学或宗教等变为科学，而是使它们增多一些更有根据的说明，使我们多一些更清楚的了解。科学的方法并不妨碍我们应用对于美学或宗教学所应有的常识的推理与精神上的经验及体会，研究文学也是如此：文学的欣赏是随着个人的爱好而不同的，但是被欣赏的条件与欣赏者的心理是可以由科学的方法而发现一些的。

在前两讲中我们看见许多问题，文学中的道德问题，思想问题，形式与内容的问题，诗与散文的问题；和许多文学特质的价值的估定，美的价值，情感的价值，想象的价值，等等。这些都是我们必须详细讨论的。但是，在讨论这些之前，我们要问一句，中国文学中有没有忽略了在世界文学里所视为重要的问题？这极为重要，因为不这么设问一下，我们便容易守着一些旧说而自满自足，不再去看那世界文学所共具的条件，因而也就不能公平的评断我们自家的文艺的真价值与成功何在。

中国没有艺术论。这使中国一切艺术吃了很大的亏。自然，艺术论永远不会代艺术解决了一切的问题，但是艺术上的主张与理论，无论是好与坏，总是可以引起对艺术的深厚趣味；足以划分开艺术的领域，从而给予各种艺术以适当的价值；足以为艺术的各枝对美的、道德的等问题作个通体盘算的讨论。柏拉图与亚里士多德的文学理论，在今日看起来，是有许多错误的，可是他们都以艺术为起点来讨论文学。不管他们有多少错误，他们对文学的生长与功能全得到一个更高大更深远的来源与根据；他们看文学不象个飘蓬，不是个寄生物，而是独立的一种艺术。以艺术为起点而说文学，就是柏拉图那样轻视艺术也不能不承认荷马的伟大与诗人的须受了神明的启示而后才作得出好文章来。

中国没有艺术论，所以文学始终没找着个老家，也没有一些兄弟姐妹来陪伴着。"文以载道"是否合理？没有人能作有根据的驳辩，因为没有艺术论作后盾。文学这样的失去根据地，自然便容易被拉去作哲学或伦理的奴仆。文学因工具——文字——的关系托身于哲学还算幸事，中国的图画、雕刻与音乐便更可怜，它们只是自生自灭，没有高深透彻的理论与宣传为它们倡导激励。中国的文学、图画、雕刻、音乐往好里说全是足以"见道"，往坏里说都是"雕虫小技"：前者是把艺术完全视为道德的附属物，后者是把它们视为消遣品。

设若以文学为艺术之一枝便怎样呢？文学便会立刻剥除掉道德的或任何别种不相干的东西的鬼脸而露出它的真面目。文学的真面目是美的，善于表情的，聪明的，眉目口鼻无一处不调和的。这样的一个面目使人恋它爱它赞美它，使人看了还要看，甚至于如颠如狂的在梦中还记念着它。道德的鬼脸是否能使人这样？谁都能知道怎么回答这个问题。

这到了该说文学的特质的时候了，虽然我们还可以继续着指出中国文学中所缺乏的东西，如文学批评，如文学形式与内容的详细讨论，如以美学为观点的文学理论，等等。但是这些个的所以缺乏，大概还是因为我们没有"艺术"这个观念。虽然我们有些类似文学评论的文章，可是文学批评没有成为独立的文艺，因为没有艺术这个观念，所以不能想到文学批评的本身应当是创造的文艺呢，还是只管随便的指摘出文学作品一些毛病。形式与内容的关系也是由讨论整个的艺术才能提出，因为在讨论图画、雕刻与建筑之美的时候，形式问题是要首先解决的。有了形式问题的讨论，形式与内容的关系自然便出来了。对于美学，中国没有专论，这是没有艺术论的自然结果。但是我们还是先讨论文学的特质吧。

文学是干什么的呢？是为说明什么呢——如说明"道"——还是另有作用？从艺术上看，图画、雕刻、音乐的构成似乎都不能完全离开理智，就是音乐也是要表现一些思想。文学呢，因为工具的关系，是比任何艺术更多一些理智分子的。那么，理智是不是文学的特质呢？不是！从几方面看它不是：

（一）假如理智是个文学特质，为什么那无理取闹的《西游记》与喜剧们也算文艺作品呢？为什么那有名的诗、戏剧、小说，大半是说男女相悦之情，而还算最好的文艺呢？

（二）讲理的有哲学，说明人生行为的有伦理学，为什么在这两种之外另要文学？假如理智是最要紧的东西；假如文学的责任也在说理，它又与哲学有何区别呢？

（三）供给我们知识的自有科学，为什么必须要文学，假如文学的功用是在满足求知的欲望？要回答这些问题，我们不能不说理智不是文学的特质，虽然理智在文学中也是重要的分子。什么东西拦住理智的去路呢？情感。

为什么《西游记》使人爱读，至少是比韩愈的《原道》使人更爱读？因为它使人欣喜——使人欣喜是艺术的目的。为何男女相爱的事自最初的民歌直至近代的诗文总是最时兴的题目？因为这个题目足以感动心灵。陆机、袁牧等所主张的对了，判定文艺是该以能否感动为准的。理智不是坏物件，但是理智的分子越多，文学的感动力越少，因为"文学都是要传达力量，凡为发表知识的不是文学"。我们读文艺作品也要思索，但是思索什么？不是由文学所给的那点感动与趣味，而设身处地的思索作品中人物与事实的遭遇吗？假如不是思索这个，文学怎能使我们忽啼忽笑呢？不能使我们哭笑的作品能否算为文学的成功？

理智是冷酷的，它会使人清醒，不会让人沉醉。自然，有些伟大的诗人敢大胆的以诗来谈科学与哲理，象Lucretius[①]与但丁。但是我们读诗是否为求知呢？不是。这两位诗人的大胆与能力是可佩服的，但是我们只能佩服他们的能力与胆量，而不能因此就把科学与哲理的讨论作为诗艺的正当的题材。因为我们明知道，就以但丁说吧，《神曲》的伟大决不是因为他敢以科学作材料，而是在乎他能在此以外还有那千古不朽的惊心动魄的心灵的激动；因此，他是比Lucretius更伟大的诗人；Lucretius只是把别人的思想铸成了诗句，这些思想只有一时的价值，没有文学的永久性。我们试看杜甫的《北征》里的"学母无不为，晓妆随手抹；移时施朱铅，狼藉眉目阔[②]。生还对童稚，似欲忘饥渴；问事竟挽须，谁能即嗔喝"这里有什么高深的思想？为什么我们还爱读呢？因为其中有点不可磨灭的感情，在唐朝为父的是如此，到如今还是如此。自然，将来的人

---

① 卢克莱修（约前99—约前55），古罗马诗人、思想家，代表作《物性论》。——本版责编注（本书以下凡未特别标明者均为本版责编注）

② 《唐诗别裁集》作"狼藉画眉阔"。——首版校注

类果真能把家庭制度完全取消，真能保持社会的平和而使悲剧无由产生，这几句诗也会失了感动的能力。但是世界能否变成那样是个问题，而且无论怎样，这几句总比"衰荣无定在，彼此更共之。邵生瓜田中，宁似东陵时。寒暑有代谢，人道每如兹……"（陶潜）要留传得久远一些，因为杜甫的《北征》是人生的真经验，是带着感情写出的；陶潜的这几句是个哲学家把一段哲理装入诗的形式中，它自然不会使读者的心房跳跃。感情是否永久不变是不敢定的，可是感情是文学的特质是不可移易的，人们读文学为是求感情上的趣味也是万古不变的。我们可以想象到一个不动感情的人类（如Aldous Huxley在 *Brave New World* ①中所形容的），但是不能想象到一个与感情分家的文学；没有感情的文学便是不需要文学的表示，那便是文学该死的日子了。那么，假如有人以为感情不是不变的，而反对感情的永久性之说，他或者可以承认感情是总不能与文艺离婚的吧？

　　伟大的文艺自然须有伟大的思想与哲理，但是文艺中怎样

---

　　① 阿道司·赫胥黎（1894—1963），英国著名作家，生物学家托马斯·赫胥黎的孙子，代表作《美丽新世界》（*Brave New World*）与扎米亚京的《我们》、奥威尔的《一九八四》合称"反乌托邦三部曲"。

表现这思想与哲理是比思想与哲理的本身价值还要大得多；设若没有这种限制，文艺便与哲学完全没有分别。怎样的表现是艺术的问题，陈说什么是思想的问题，有高深的思想而不能艺术的表现出来便不能算作文艺作品。反之，没有什么高深的思想，而表现得好，便还算作文艺，这便附带着说明了为什么有些无理取闹的游戏文字可以算作杰作，"幽默"之所以成为文艺的重要分子也因此解决。谈到思想，只有思想便好了；谈到文艺，思想而外还有许多许多东西应当加以思考的：风格，形式，组织，幽默……这些都足以把思想的重要推到次要的地位上去。风格，形式等等的作用是什么？帮助思想的清晰是其中的一点，而大部分还是为使文艺的力量更深厚，更足以打动人心。

笔力脆弱的不能打动人心，所以须有一种有力的风格；乱七八糟的一片材料不能引人入胜，所以须有形式与组织。怎样表现便是怎样使人更觉得舒适，更感到了深厚的情感。这便是Longinus[①]所谓的Sublime，他说：

---

① 朗吉努斯（213—273），古希腊作家，传有《论崇高》（*De Sublimitate/ On the Sublime*）。

天才的作品不是要说服，而是使人狂悦——或是说使读者忘形。那奇妙之点是不管它在哪里与在何时发现，它总使我们惊讶；它能在那要说服的或悦耳的失败之处得胜；因信服与否大半是我们自己可以作主的，但是对于天才的权威是无法反抗的。天才把它那无可抵御的意志压在我们一切人的头上。

这点能力不是思想所能有的。思想是文艺中的重要东西，但是怎样引导与表现思想是艺术的，是更重要的。

我们读了文学作品可以得到一些知识，不错；但是所得到的是什么知识？当然不是科学所给的知识。文学与别的艺术品一样，是解释人生的。文学家也许是写自己的经历，象杜甫与Wordsworth[①]，也许是写一种天外飞来的幻想，象那些乌托邦的梦想者，但是无论他们写什么，他们是给人生一种写照与解释。他们写的也许是极平常的事，而在这平凡事实中提到一些人生的意义，这便是他们的哲理，这便是他们给我们的知识。他们的哲理是用带着血肉的人生烘托出来的，他们的知识

[①] 华滋华斯（1770—1850），英国大诗人，1789年和柯勒律治合作发表《抒情歌谣集》，宣告了浪漫主义诗歌的诞生。

是以人情人心为起点，所以他们的哲理也许不很深，而且有时候也许受不住科学的分析，但是这点不高深的哲理在具体的表现中能把我们带到天外去，我们到了他们所设的境界中自然能体会出人生的真意义。

我们读文艺作品不是为引起一种哲学的驳难，而是随着文人所设下的事实而体会人生；文人能否把我们引入另一境界，能否给我们一种满意的结局，便是文人的要务。科学家们是分头的研究而后报告他们的获得，文学家是具体的创造一切。因为文学是创造的，所以其中所含的感情是比知识更重要更真切的。知识是个人的事，个人有知识把它发表出就完了，别人接受它与否是别人的事。感情便不止于此了，它至少有三方面：作家的感情，作品中人物的感情，和读者的感情。这三者怎样的运用与调和不是个容易的事。作者自己的感情太多了，作品便失于浮浅或颓丧或过度的浪漫；作品中人物的感情如何，与能引起读者的感情与否，是作者首先要注意的。使人物的感情有圆满适宜的发泄，而后使读者同情于书中人物，这需要艺术的才力与人生的知识。读者于文学作品中所得的知识因此也是关于人生的；这便是文学所以为必要的，而不只是一种消遣品。

以上是讲文学中的感情与思想的问题，其结论是：感情是文学的特质之一；思想与知识是重要的，但不是文学的特质，因为这二者并不专靠文学为它们宣传。

道德的目的是不是文学的特质之一呢？有美在这里等着它。美是不偏不倚，无利害的，因而也就没有道德的标准。美是一切艺术的要素，文学自然不能抛弃了它；有它在这里，道德的目的便无法上前。道德是有所为的，美是超出利害的，这二者的能否调和，似乎还没有这二者谁应作主的问题更为重要，因为有许多很美的作品也含有道德的教训，而我们所要问的是到底道德算不算与美平行的文学特性？

在第二、三两讲中，我们看见许多文人谈论"道"的问题，有的以"道"为哲学，这在前面已讨论过，不要再说；有的以"道"为实际的道德，如"且所谓文者，务为有补于世而已矣"。我们便由这里讨论起。

我们先引一小段几乎人人熟悉的文字：

枯藤老树昏鸦，小桥流水人家，古道西风瘦马，夕阳西下，断肠人在天涯！

这是不是公认的最美妙的一段？可是，这有补于世与否？我们无须等个回答。这已经把"务为有补于世"的"务"字给打下去。那么，象白居易的《折臂翁》（戍边功也），和他那些新乐府（为君为臣为民为物为事而作，不为文而作也），虽都是有道德的目的，可是有些是非常的美丽真挚，又算不算最好的诗艺呢？还有近代的主张为人生而艺术的也是以文艺为一种人生苦痛的呼声，是不是为"有补于世"作证呢？

在回答这个以前，我们再提出反面的问题：不道德的文艺，可是很美，又算不算好的文艺呢？

美即真实，真实即美，是人人知道的。W. Blake[①]也说："不揭示出赤裸裸的美，艺术即永不存在。"这是说美须摘了道德的鬼脸。由这个主张看，似乎美与道德不能并立。那主张为艺术而艺术的便完全把道德放在一边。那唯美主义的末流便甚至拿那淫丑的东西当作美的。这样的主张也似乎不承认那有道德的教训而不失为美好的作品，可是我们公平的看来，象白居易的新乐府，纵然不都是，至少也有几首是很好的文艺作品。这怎么办呢？假如我们只说，这个问题要依对艺术的主张而异，便始终不会得个决定的论断，那便与我们的要提出文学特质的原意相背。

[①] 布莱克（1757—1827），英国大诗人、版画家。代表作《纯真之歌》《经验之歌》《天堂与地狱的婚姻》，中后期诗风充满神秘色彩。

主张往往是有成见的，我们似乎没有法子使柏拉图与王尔德的意见调和起来，我们还是从文学作品本身看吧。我们看见过多少作品——而且是顶好的作品——并没有道德目的；为何它们成为顶好的作品呢？因为它们顶美。再看，有许多作品是有道德的教训的，可是还不失为文艺作品，为什么呢？因为其中仍有美的成份。再看，有些作品没有道德的目的，而不成为文艺品，为什么呢？因为不美，或者是以故意不道德的淫丑当作了美。这三种的例子是人人可以自己去找的。在这里，我们看清楚了，凡是好的文艺作品必须有美，而不一定有道德的目的。就是那不道德的作品，假如真美，也还不失为文艺的；而且这道德与不道德的判定不是绝对的，有许多一时被禁的文学书后来成了公认的杰作——美的价值是比道德的价值更久远的。那有道德教训而不失为文艺作品的东西是因为合了美的条件而存在，正如有的哲学与历史的文字也可以被认为文学：不是因为它们的道理与事实，而是因为它们的文章合了文学的条件。专讲道德而没有美永不会成为文学作品。

在文学中，道德须趋就美，美不能俯就道德，美到底是绝对的；道德来向美投降，可以成为文艺，可是也许还不能成为最高的文艺；以白居易说，他的传诵最广的诗恐怕不是那新乐府。自然，文学作品的动机是有种种，也许是美的，也许是道德的，也许是感情的……假如它是个道德的，它必须要设法去迎接美与感情，不然它只好放下它要成为文学作品的志愿。文学的责任是艺术的，这几乎要把道德完全排斥开了。艺术的，是使人忘形的；道德的，立刻使心灵坠落在尘土上。

"去创造一朵小花是多少世纪的工作。诗的天才是真的人物。"（Blake）美是文学的特质之一。

文人怎样把他的感情传达出来呢？寡妇夜哭是极悲惨的事，但是只凭这一哭，自然不能成为文学。假如一个文人要代一个寡妇传达出她的悲苦，他应当怎样办呢？

文人怎样将美传达出来呢？

这便须谈到想象了。凡是艺术品，它的构成必不能短了想象。经验与事实是重要的，但是人人有些经验与事实，为什么不都是文人呢？就是讲一个故事或笑话，在那会说话的人口中，便能引起更有力的反应，为什么？因为他的想象力能想到怎样去使听众更注意，怎样给听众一些出其不备的刺激与惊异；这个，往大了说，便是想象的排列法。艺术作品的成功大半仗着这个排列法。艺术家不是只把事实照样描写下来，而是把事实从新排列一回，使一段事实成为一个独立的单位，每一部分必与全体恰好有适当的联属，每一穿插恰好是有助于最后的印象的力量。于此，文学的形式之美便象一朵鲜花：拆开来，每一蕊一瓣也是朵独立的小花；合起来，还是香色俱美的大花。文艺里没有绝对的写实；写实只是与浪漫相对的名词。绝对的写实便是照像，照像不是艺术。文艺作品不论是多么短或多么长，必须成个独立的单位，不是可以随便添减的东西。一首短诗，一出五幕剧，一部长小说，全须费过多少心血去排列得象个完好的东西。作品中的事实也许是出于臆造，也许来自真的经验，但是它的构成必须是想象的。自然，世界上有许多事实可以不用改造便成个很好的故事；但是这种事实只能给文人一点启示，借这个事实而写成的故事，必不是报纸上的新闻，而是经过想象陶炼的艺术品。这不仅是文艺该有的方法，而且只有这样的文艺才配称为生命的解释者。这就是说，以科学研究人生是部分的，有的研究生理，有的研究社会，有的研究心理；只有文艺是整个的表现，是能采取宇宙间的一些事实而表现出人生至理；除了想象没有第二个方法能使文学做到这一步。以感情说吧，文人听见一个寡妇夜哭，他必须有相当的想象力，他才能替那寡妇伤心；他必须有很大的想象力才能代她作出个极悲苦的故事，或是代她宣传她的哭声到天边地角去；他必须有极大的想象力才能使他的读者读了而同情于这寡妇。

亚里士多德已注意到这一点。他说："一个历史家与一个诗人……的不同处是：一个是说已过去的事实，一个是说或者有过的事实。"拿韵文写历史并不见得就是诗，因为它没有想象；以四六文写小说，如没有想象，还是不算小说。亚里士多德也提到"比喻"的重要，比喻是观念的联合；这便说到文艺中的细节目也需要想象了。文艺作品不但在结构上事实上要有想象，它的一切都需要想象。文艺作品必须有许多许多的极鲜明的图画，对于人、物、风景，都要成为立得起来的图画；因为它是要具体的表现。哪里去寻这么多鲜明的立得起来的图画？文艺是以文字为工具的，就是能寻到一些图画，怎么能用文字表现出呢？非有想象不可了。"想象是永生之物的代表。"一切东西自然的存在着，我们怎能凭空的把它的美妙捉住？文字既非颜色，怎能将自然中的色彩画出来？事实本不都是有趣的，有感力的，我们怎么使它们有趣有感力？一篇作品是个整个的想象排列，其中的各部分，就是小至一个字或一句话或一个景象，还是想象的描画。最显然的自然是比喻：因为多数的景象是不易直接写出的，所以拿个恰好相合的另一景象把它加重的烘托出；这样，文艺中的图画便都有了鲜明的颜色。

《饮中八仙歌》里说，"宗之潇洒美少年"，怎样的美呢？"皎如玉树临风前"，这一个以物比人的景象便给那美少年画了一张极简单极生动的像。可是，这种想象还是容易的，而且这在才力微弱一点的文人手里往往只作出一些"试想"，而不能简劲有力的画出。中国的赋里最多这种毛病：用了许多"如"这个，"似"那个，可是不能极有力的描画出。文艺中的想象不限于比喻，凡是有力的描画，不管是直接的或间接的，不管是悲惨的或幽默的，都必是想象的作用。还拿《饮中八仙歌》说吧："饮如长鲸吸百川"固然是夸大的比拟，可是"知章骑马似乘船，眼花落井水底眠"便不仅是观念的联合，以一物喻另一个物了，而是给贺知章一个想象的人格与想象的世界；这是杜甫"诗眼"中的感觉。杜甫的所以伟大便在此，因为他不但只用比拟，而是把眼前一切人物景色全放在想象的炉火中炼出些千古不灭的图画："想象是永生之物的代表。""山雪河冰野萧瑟，青是烽烟白人骨"（《悲青坂》）是何等的阴惨的景象！这自然也许是他的真经验，但是当他身临其地的时候，他所见的未必只是这些，那个地方——和旁的一切的地方一样——并没给他预备好这么两句，而是他把那一切景色，用想象的炮制，锻炼出这么两句来，这两句便是真实，便是永生。"江头宫殿锁千门，细柳新蒲为谁绿？"（《哀江头》）人人经过那里可以看见闭锁的宫殿，与那细柳新蒲，但是"为谁绿"这一问，便把静物与静物之间添上一段深挚的感情，引起一些历史上的慨叹。这是想象。只这两句便可以抵得一篇《芜城赋》！

想象，它是文人的心深入于人心、世故、自然，去把真理捉住。他的作品的形式是个想象中炼成的一单位，便是上帝造万物的计划；作品中的各部各节是想象中炼成的花的瓣，水的波；作品中的字句是想象中炼成的鹦鹉的羽彩，晚霞的光色。这便叫作想象的结构，想象的处置，与想象的表现。完成这三步才能成为伟大的文艺作品。

感情与美是文艺的一对翅膀，想象是使它们飞起来的那点能力；文学是必须能飞起的东西。使人欣悦是文学的目的，把人带起来与它一同飞翔才能使人欣喜。感情，美，想象，（结构，处置，表现）是文学的三个特质。

知道了文学特质，便知道怎样认识文学了。文学须有道德的目的与文学是使人欣悦的问题争斗了多少世纪了，到底谁战胜了？看看文学的特质自然会晓得的。文学的批评拿什么作基础？不论是批评一个文艺作品，还是决定一个作家是否有天才，都要拿这些特质作裁判的根本条件。文学的功能是什么？是载道？是教训？是解释人生？拿文学特质来决定，自然会得到妥当的答案的。文学中的问题多得很，从任何方面看都可以引起一些辩论：形式，风格，幽默，思想，结构……都是我们应当注意的，可是讨论这些问题都不能离开文学特质；抽出文艺问题中的一点而去凭空的发议论，便是离天文学而谈文学；文艺是一个，凡是文艺必须与文学特质相合。批评一个作品必须看作者在这作品中完成了文学的目的没有；建设一个文学理论必须由多少文艺作品找出文学必具的条件，这是认识文学的正路。

要认识或欣赏文艺，必须由文艺本身为起点，因为只有文艺本身是文学特质的真正说明者。文艺的社会背景，作家的历史，都足以帮助我们能更多认识一些作品的价值，但是这并不是最重要的，因为即使没有这一层工作，文艺本身的价值并不减少。设若我们专追求文艺的历史与社会背景，而不看文艺的本身，其危险便足以使人忘了文学而谈些不相干的事。胡适之先生的《红楼梦考》是有价值的，因为它能增加我们对《红楼梦》的欣赏。但是，这只是对于读者而言，至于《红楼梦》本身的价值，它并不因此而增多一些；有些人专从文学眼光读《红楼梦》，他们所得到的未必不比胡适之先生所得到的更多。至于蔡元培先生的《石头记索隐》便是猜谜的工作了，是专由文艺本身所没说到的事去设想；设若文人的心血都花费在制造谜语，文人未免太愚了。文人要说什么便在作品中说出来，说得漂亮与否，美满与否，笔尖带着感情与否，这是我们要注意的。文人美满的说出来他所要说的，便是他的成功；他若缺乏艺术的才干，便不能圆满而动人的说出，便是失败。文学本身是文学特质的唯一的寄存处。

第五讲　文学的创造

柏拉图为追求正义与至善，所以拿社会的所需规定艺术的价值：凡对社会道德有帮助的便是好的，反之就不好。他注意艺术只因艺术能改善公民的品德。艺术不是什么独立的创造，而是摹拟；有许多东西是美丽的，可是绝对的美只有一个。这个绝对的美只能在心中体认，不能用什么代表出来；表现美的东西只是艺术家的摹仿，不是美的本体。因此，艺术的创造是不能有的事。

但是，艺术家怎样摹仿？柏拉图说：

　　诗人是个轻而有翼的神物，非到了受了启示，忘了自己的心觉，不能有所发明；非到了这忘形的地步，他是毫

无力量，不能说出他的灵咒。（*Ion*）[1]

这岂不是说创造时的喜悦使人若疯若痴么？创造家被创造欲逼迫得绕床狂走，或捋掉了吟髭，不是常有的事么？柏拉图设若抱定这个说法，他必不难窥透创造时的心情，而承认创造是生活的动力。W.Blake说：

柏拉图假苏格拉底司[2]之口，说诗人与预言家并不知道或明白他们所写的说的；这是个不近情理的错误。假如他们不明白，难道比他们低卑的人可以叫作明白的吗？

但是柏拉图太看重他的哲学：虽然艺术家受了神的启示能忘了自己，但是他只能摹拟那最高最完全最美的一些影子。我们不能佩服这个说法。试看一个野蛮人画一个东西，他自然

---

①《伊安篇》，又译作《埃奥恩》，是柏拉图（前427—前347）较早的一篇对话录，探讨诗人才能产生的原因，描述了灵感产生时的状态。朱光潜曾译有柏拉图《文艺对话集》。

②苏格拉底（前469—前399），古希腊的思想家，他和弟子柏拉图、再传弟子亚里士多德无疑是西方哲学史上最有洞察力和影响力者。其言行多见于柏拉图的对话录，以及色诺芬的《回忆录》中。本书又写作梭格拉底。

不会画得很正确，但是他在这不很正确的表现中添上一点东西——他自己对于物的觉得。不论他画得多么不好，他这个图画必定比原照像多着一点东西，照像是机械的，而图画是人对物之特点特质的直觉，或者说"妙悟"；它必不完全是摹仿。画家在纸上表现的东西并不是真东西，画上的苹果不能作食品；它是把心中对苹果的直觉或妙悟画了出来，那个苹果便表现着光、色，形式的美。这个光、色，形式的总合是不是美的整个？是不是创造力的表现？不假借一些东西，艺术家无从表现他的心感；但是东西只能给他一些启示；他的作品是心灵与外物的合一，没有内心的光明，没有艺术化的东西。艺术品并非某事某物的本象，是艺术家使某事某物再生再现；事物的再生再现是超乎本体的，是具体的创造。

"使观察放宽门路，检阅人类自中国到秘鲁"（Johnson）[1]。是的，艺术家是要下观察的工夫。但是艺术如果不只是抄写一切，这里还需要象Dryden[2]的批评莎士比亚："他不要书籍去认识自然；他的内心有，他在那里找到了她。"观察与想象

① 塞缪尔·约翰逊（1709—1784），英国作家、学者。1755年完成《英语词典》；1765年出版了其修订的《莎士比亚全集》。

② 约翰·德莱顿（1631—1700），英国第一位桂冠诗人，剧作家、文艺理论家。

文学概论讲义

必须是创造进程的两端："鸡虫得失无了时"是观察来的经验；但是"注目寒江倚山阁"（杜甫《缚鸡行》）是诗人的所以为诗人。诗人必须有渗透事物之心的心，然后才能创造出一个有心有血的活世界。谁没见过苹果？为什么单单的爱看画家的那个苹果？看了还要看？因为那个苹果不仅是个果子，而且是个静的世界；苹果之所以为苹果，和人心中的苹果，全表现在那里；它比树上的真苹果还多着一些生命，一些心血。

艺术家不只观察事物，而且要深入事物的心中，为事物找出感情，美，与有力的表现来。要不是这么着，我们将永不能明白那"愁心极杨柳，一种乱如丝"（孟浩然《春怨》），或"平畴交远风，良苗亦怀新"（陶潜《癸卯岁始春怀古田舍》），或"觉来眄庭前，一鸟花间鸣，借问此何时，春风语流莺"（李白《春日醉起言志》），到底有什么好处。我们似乎容易理解那"绿树村边合，青山郭外斜"（孟浩然《过故人庄》），与"寂寥天地暮，心与广川闲"（王维《登河北城楼作》），因为前者是个简单的写景，后者是个简单的写情。至于那"良苗亦怀新"与"春风语流莺"便不这样简单了，它们是诗人心中的世界，一个幻象中的真实，我们非随着诗人进入他所创造的世界，我们便不易了解他到底说些什么。诗人用他独具的慧眼看见"黄河之水天上来"，或是"黄河如丝天际来"，或是"舞影歌声教渌池，空余汴水东流海"（均李白句）。假如我们不能明白诗人的伟大磅礴的想象，我们便不是以这些句子为一种夸大之词，便是批评它们不合理。我们容易明白那描写自然与人生的，而文艺不只在乎描写，它还要解释自然与人生；在它解释自然的时候，它必须有个一切全是活着的世界。在这世界里，春风是可以语流莺的，黄河之水是可以自天上来的。在它解释人生的时候，便能象预言家似的为千秋万代写下一种真理："古时丧乱皆可知，人世悲欢暂相遭。"（杜甫《清明》）

那么，创造和摹拟不是一回事了。

由历史上看，当一派的诗艺或图画固定的成了一派时，它便渐渐由盛而衰，好象等着一个新的运动来替换它似的。为什么？因为创作与自由发展必是并肩而行的；及至文艺成了一派，人们专看形式，专摹仿皮面上一点技巧，这便是文艺寿终之日了。当一派正在兴起之时，它的产品是时代的动力的表现，不仅由时代产生作品，也由作品产生新时代。这样的作品是心的奔驰，思想的远射。到了以摹仿为事的时节，这内心的驰骋几乎完全停止，只由眼与手的灵巧作些假的古物，怎能有生命呢？古典主义之后有浪漫主义，这浪漫主义便恢复了心的自由，打破了形式的拘束。有光荣的文学史就是心灵解放的革命史。心灵自由之期，文艺的进行线便突然高升；形式义法得胜之时，那进行线便渐渐驰缓而低落。这似乎是驳难中国文人的文艺主张了，与柏拉图已无关系。

柏拉图的摹仿说是为一切艺术而发的，是种哲理，他并没有指给我们怎样去摹仿。中国人有详细的办法：

> 为诗要穷源溯流，先辨诸家之派，如何者为曹刘，何者为沈宋，何者为陶谢……析入毫芒，学焉而得其性之所近。不然，胡引乱窜，必入魔道！（《燃灯记闻》）

这个办法也许是有益于初学的，但以此而设文艺便是个大错误。何者为曹刘，何者为沈宋，是否意在看清他们的时代的思想、问题等等？是否意在看清他们的个性？是否意在看清他们的所长与所短？假如意不在此，便是盲从，便是把文艺看成死物。不怪有个英人（忘其姓名）说，中国人的悲感，从诗中看，都是一样的：不病也要吃点药，醉了便写几句诗，得不到官作便喝点酒……是的，中国多数写诗的人连感情都是假的，因为他们为摹拟字句而忘了钻入社会的深处，忘了细看看自己的心，怎能有深刻之感呢？"读书破万卷，下笔如有神"是他们的口号；但是他们也许该记得"尽信书则不如无书"吧！

　　说到这里，我们要问了：到底人们为何要创作呢？回答是简单的：为满足个人。

　　凡是人必须工作，这不需要多少解释。"不劳无食"的主张只是要把工作的质量变动增减一些而已，其实无论在何种社会组织之下，人总不能甘心闲着的；有闲阶级自有消闲的办法。在工作里，除非纯粹机械的，没有人不想表现他自己的（所谓机械的不必是用机器造物，为金字塔或长城搬运石头的人大概比用机器的工人还苦得多）。凡是经过人手制作的东西，他的个人也必在里面。这种表现力是与生俱来的，是促动人类作事的原力。表现的程度不同，要表现自己是一样的。表现的方法不同，由表现得来的满足是一样。因为这样，所以表现个人的范围并不限于个人。表现力大的人，以个人的表现代作那千千万万人所要表现的；为满足自己，也满足了别人。别人为什么也能觉得满足呢？因为他们也有表现欲，所以因为自己的要表现而能喜爱别人的创作物。

　　人类自有史以来至今日，虽没有很大的进步，可是没有一时不在改变中，因为工作的满足不只是呆板的摹仿。当欧洲在信仰时代中，一个城市要建筑个礼拜堂，于是瓦匠、石匠、木匠、雕刻家、画家、建筑家便全来了，全拿出最好的技能献给上帝。这个教堂便是一时代艺术的代表。一教堂如此，一个社会、一个世界也是如此，个人都须拿出最好的表现，献给生命。不如是，生命便停止，社会便成了一堆死灰。萧伯纳说过：只有母亲生小孩是真正的生产。我们也可以说，只有艺术品是真正的生产。艺术家遇到启示，便好象怀了孕，到时候非生产不可；生产下来虽另一物，可是还有它自己在内；所以艺术品是个性的表现，是美与真理的再生。

创造与摹拟的分别也在这里，创造是被这表现力催促着前进，非到极精不能满足自己。心灵里燃烧着，生命在艺术境域中活着，为要满足自己把宇宙擒在手里，深了还要深，美了还要美，非登峰造极不足消减渴望。摹拟呢，它的满足是有限的，貌似便好，以模范为标准，没有个人的努力；丢失了个人，还能有活气么？《日知录》里说：

　　一代之文，沿袭已久，不容人人皆道其语。今且千数百年矣，而犹取古人之陈言——而摹仿之，以是为诗可乎？故不似则失其所以为诗，似则失其所以为我。李杜之诗所以高出于唐人者，以其未尝不似而未尝似也。

只求似不似，有些留声机片便可成音乐家了。

"所谓作家的生命者，换句话，也就是那人所有的个性、的人格。再讲得仔细些，则说是那人的内底经验的总量，就可以吧。"

艺术即："表现出真的个性，捕捉了自然人生的姿态，将这些在作品上给予生命而写出的。艺术和别的一切的人类活动不同之点，就是在艺术是纯然的个人底的活动。"

这是厨川白村的话，颇足以证明个性与艺术的关系。《饮冰室》里说得好：

> "月上柳梢头，人约黄昏后"与"杜宇声声不忍闻，欲黄昏，雨打梨花深闭门"，同一黄昏也，而一为欢憨，一为愁惨，其境绝异。……"舳舻千里，旌旗蔽空。酾酒临江，横槊赋诗"与"浔阳江头夜送客，枫叶荻花秋瑟瑟。主人下马客在船，举酒欲饮无管弦"，同一江也，同一舟也，同一酒也，而一为雄壮，一为冷落，其境绝异。然则天下岂有物境哉，但有心境而已。

容我打个比喻：假设文学家的心是甲，外物是乙，外物与心的接触所得的印象是丙，怎样具体的写出这印象便是丁。丁不仅是乙的缩影，而是经过甲的认识而先成为丙，然后成为丁——文艺作品。假如没有甲，便一切都不会发生。再具体一点的说，甲是厨子的心，乙是鱼和其他材料，丙是厨子对鱼与其他材料的设计；丁是做好的红烧鱼。鱼与其他材料是固定的，而红烧鱼之成功便全在厨子的怎样设计与烹调。我们看见一尾鱼时，便会想到："鱼我所欲也"；但是我们与鱼之间总是茫然，红烧鱼在我们脑中只是个理想；只有厨子替我们做好，我们才能享受。以粗喻深，文学也是这样，人们全时时刻刻在那里试验着表现，可是终于是等别人作出来我们才恍然觉悟：啊，原来这就是我所要表现而没有办到的那一些。假如我们都能与物直接交通，艺术家便没有用了；艺术家的所以可贵，便是他能把自然与人生的秘密赤裸裸的为我们揭示开。

那么，"只有心境"与艺术为自我表现，是否与文学是生命的解释相合呢？没有冲突。所谓自我表现是艺术的起点，表现什么自然不会使艺术落了空。人是社会的动物，艺术家也不能离开社会。社会的正义何在？人生的价值何在？艺术家不但是不比别人少一些关切，而是永远站在人类最前面的；他要从社会中取材，那么，我们就可以相信他的心感决不会比常人迟钝，他必会提到常人还未看见的问题，而且会表现大家要嚷而不知怎样嚷出的感情。所谓满足自己不仅是抱着一朵假花落泪，或者是为有闲阶级作几句謷儿词，而是要替自然与人生作出些有力的解释。偏巧社会永远是不完全的，人生永远是离不开苦恼的，这便使文人时时刻刻的问人生是什么？这样，他不由得便成了预言家。文学是时代的呼声，正因为文人是要满足自己；一个不看社会，不看自然，而专作些有韵的句子或平稳的故事的人，根本不是文人；他所得的满足正如一个不会唱而哼哼的人；哼哼不会使他成个唱家。所谓个性的表现不是把个人一些细小的经验或低卑的感情写出来便算文学作品。个性的表现是指着创造说的。个人对自然与人生怎样的感觉，个人怎样写作，这是个性的表现。没有一个伟大的文人不是自我表现的，也没有一个伟大的文人不是自我而打动千万人的热情的。

创造是最纯洁高尚的自我活动，自我辗射出的光，能把社会上无谓的纷乱，无意识的生活，都比得太藐小了，太污浊了，从而社会才能认识了自己，才有社会的自觉。创造欲是在社会的血脉里紧张着；它是社会上永生的唯一的心房。艺术的心是不会死的，它在什么时代与社会，便替什么时代与社会说话；文学革命也好，革命文学也好，没有这颗心总不会有文艺。

培养这颗心的条件太多了；我们应先有培养这颗心的志

愿。为满足你自己，你便可以冲破四围的黑暗，象上帝似的为自然与人生放些光明。

    红波翻屋春风起，先生默坐春风里，

    浮空眼缬散云霞，无数心花发桃李。

（苏轼《独觉》）

第六讲　文学的起源

有三种人喜欢讨论文学的起源：（一）研究院的学者，（二）历史家，（三）艺术论的作者。

（一）研究院的学者对于研究文学的起源及衍变，是比要明白或欣赏文艺更关切的。解剖与分析是他们的手段，统计与报告是他们的成绩；艺术之神当然是不住在研究院里的。

（二）历史家的态度是拿一切当作史料看的，正好象昆虫学家拿一切昆虫，无论多么美或多么丑，都看成一些拉丁学名。历史家一听到"文学"一词，便立刻去读文学史，然后一直的上溯文字的起源，以便给文学找出个严整固定的系统。

（三）作艺术论的人必须找出历史上的根据为自家理论作证。文学是干什么的？是他所要回答的。为回答这个，他便要从原始的艺术中找出艺术的作用，从历史上找出艺术革命的因果；他必须是科学的，不然他自己的脚步便立不稳。

　　　　　　　　　　　　文学概论讲义

这三种人的态度是一样的，虽然他们所讨论的范围是不同样的大。他们都想用科学的态度去研究文学，这是他们的好处。可是他们也想把研究的结果作得象统计表一样的固定，这是他们的错误。文学根本是一种有生命的东西，是随时生长的。用科学方法研究它正是要合理的证明出它怎么生长，而不是要在这样证明了以后便不许它再继续生长。把文学看成科学便是不科学的，因为文学不是个一成不变的死物；况且就是科学也是时时在那里生长改进。只捉住一些由科学方法所得来的文学起源的事实而去说文学，往往发生许多的错误。柏拉图的艺术理论是不对的，自然这可以归罪于他的方法，因为他的理论是基于玄学的而不是科学的。我们也可以同样的原谅或处罚托尔斯泰。但是，近代的以科学方法制造的艺术论，又是否足以为艺术解决一切呢？

需要是艺术的要素，这足以证实艺术的普遍性。是的，我们承认这比柏拉图、托尔斯泰都更切实得多了。为什么需要是艺术的要素呢？因为原始的艺术都是有实用的。这在近代的人学民俗学中可以得到多少多少证据。野蛮人的跳舞是打猎的练习，歌唱是为媚神，短诗是为死者祈祷，雕刻刀柄木棍是为慑服敌人，彩画门外的标杆是为恐吓禽兽……都很有理。但是拿这个原始人类的实用艺术解说今日的艺术，是不是跳得太远呢？是的，今日的艺术太颓败了，我们须要重新捉住"实用"，使一切艺术恢复了它们的本色，使它们成为与生命有确切的关系的。但是，今日的社会是否原始的社会？今日的跳舞是否与初民的跳舞有一样的作用？假如今日的跳舞是为有闲阶级预备的，因而失了跳舞的真意，那么，将来人人成为无闲阶级的，又将怎办呢？是不是恢复古代跳舞？

说到这里，我们看出来这种以艺术的起源说明艺术的错误。他们只顾找材料证实艺术的作用，而忘了推求艺术中所具的条件，所以他们的研究材料与结论相距的太远。初民的装饰，跳舞，音乐，确是有实用的目的，人学等所搜集的事实是难以推翻的，但是，初民的装饰，跳舞，音乐，是否也有美与感情在其中呢？假如没有这两要素，初民的艺术是否可以再进一步而扩大感情与美的表现呢？今日的交际舞确是既失了社会的作用，又没有美之可言，可是那艺术的跳舞不是非常的美么？这种跳舞不是要表现一点意义么？而且这点意义决不是初民所能了解的么？这样看，这种舞的存在是因为它美，设若需要是艺术的要素，必是因为艺术中美的力量而然；不然，今日的社会既不需要人人打猎，人人作武士，便用不着由练习打猎打仗而起的跳舞。古代的史诗是要由歌者唱诵的，抒情诗是要合着音乐歌唱的，这在古代社会组织之下是必要的。可是近代的诗只是供人们读诵的，因为今日的社会与古代的不同了。社会组织改变了，而诗仍是一种需要，因为人们需要诗中的感情与美；设若一定说这是因为文学的起源是实用的，所以人们需要诗艺，难道近代的人不听着歌者唱读史诗，不随着音乐歌唱抒情诗，便完全不需要诗艺了么？

总之，需要是艺术的要素真是有意思的话，但是需要须随着社会进化而变其内容；不然，那便似乎说只有初民实用的艺术算艺术，而后代的一切艺术作品，便不及格了。真理、美、想象、情感，由这几种所来的需要必是最有力的条件；不然，我们便没法子理解为什么孔子闻《韶》就三月不知肉味，因为孔子既不是野蛮人，又不是犯了胃病。

文学的起源确是个有趣味的追讨，但是它的价值只在乎说明文学的起源，以它为说明文艺的根据是有危险的。社会的进化往往使一事的发展失去了它原来的意义，以穿衣服说吧，最古的时候人们必是因为寒冷而穿衣服。但是到了后代，不论天气是寒是暑，人们总要穿着点衣服了。这一部分是道德的需要，一部分是美的需要。道德的部分是可以打倒的；可是，在打倒羞耻的时代，人们在暑日还穿衣与否呢？或者因为要打倒羞耻，人们才越发穿得更讲究更美丽。筋肉与曲线美是有诱惑力的，但人人不能长得那么好看；即使人人发达得美满，皮肤到底没有各种颜色，打算要花枝招展还要布帛的光彩与颜色，况且衣服的构造足以使体格之美更多一些飘洒与苗条。那么，穿衣服的出于实用上的需要可以推翻，而为增加美感是使在打倒羞耻时期还讲究穿衣服的根本条件。把这比喻扩大，我们可以想出多少美在人生中的重要，可以想出为什么有许多艺术已失其原始的作用而仍继续存着。这样推想，我们才会悟透艺术的所以是永生的。

艺术的起源出于实际的需要只能说明原始社会物质上的所需，不能圆满的解说后代的在精神上非有艺术不可。假如原始人民因实用而唱歌，画图，雕刻，跳舞，他们在唱歌与画图时能不能完全没有感情与审美的作用？假如他们也有感情与爱好的作用，后代艺术的发展便有了路径可遵。反之，社会已不是渔猎的社会，为什么还要这些东西呢？我们可以找出许多证据证明出农村间的演剧，跳舞，是古代的遗风。但是这些历史的证明只足以满足理智上的追求，不足以说明为什么农民们一定要守着这些古代遗风。他们去演剧与跳舞的时候或者不先读一本民俗学，以便明白其中的历史，而是要演剧，要跳舞，因为这些给他们一些享受。

因原始艺术是实用的，所以需要是艺术的要素。这是近代由科学的方法而得到的新理论。这确比以前的摹仿说，游戏冲动说等高明了许多。摹仿说的不妥在第五讲里已谈过一些，不用再说。游戏冲动说也可以简单的借用一段话来推翻：

艺术是游戏以上的一种东西。游戏的目的，在活力的过剩费了时，或其游戏底本能终结了时的遂行时，即被达到。然而艺术的机能，却不仅以其制作的动作为限。正当意味的艺术，不论怎样的表现及形式，在一种东西已经造成，及一种东西已经失却其形式之后，也都残存着。在事实上，有一种形式，如跳舞，演技的效果，是同时被创造出，同时被破坏的。然而其效果，却永远残存在那跳舞者努力的旋律之中，那跳舞的观客的记忆之中。……所以，把那为艺术品的特色的美、旋律等的艺术底性质，解释为游戏冲动的结果，是很不妥的。（希伦，引自章锡琛译本间久雄的《文学概论》）

艺术是要创造的，所以摹仿说立不住。游戏冲动说又把艺术看成了消遣品。只有因实用而证明艺术出于人类的需要，艺术的普遍性才立得牢。但是这只是就艺术的起源而言，拿这个理论作艺术论的基石而谈艺术便生了时代的错误。艺术是生命的必需品，而生命不只限于物质的。莎士比亚与歌德并不给我们什么物质的帮助，而主张艺术出于实用的人也还要赞美这两个文豪的作品，因他们的作品能叫生命丰满，虽然它并不赠给我们一些可捉摸到的东西。有了科学的文学起源说，我们便明白了文学起源的究竟；没有文学起源说，文学的价值依然是那么大；人类的价值并不因证明了人类祖先是猴子而减少，或人们应仍都变成猴子。

与文学起源论有同样弊病的，是以现代的文学趋向否认过去文艺的价值，前者是由始而终的，后者是由终而始的下笼统的评断，其弊病都是想证实文艺构成的物质部分，以便说明文学的发展是唯物的。可惜，文学的成形并不这样简单。无论谁费些时间都可以从历史上找出些材料来证明某书与某写家的历史与社会背景，作我们唯物论的根据；但是，谁能肯定的说清楚一本书的所以成功，或一写家的所以是个天才？时代与社会背景可以说明一些书中的思想与感情，传记与家族可以说明一些写家的性格与嗜好，这是研究文学应当注意的事。但是，一书的艺术的结构与想象的处置是应当由艺术的立场去看呢？还是由历史上去搜寻？天才之所以为天才，是由他的作品中所含的艺术成分而定呢，还是由研究他的家谱而定？由历史上能找出一些文艺结构与形式的所以成形，由作家个人历史能找出一些习性与遗传，不错，但这只是一小部分，不足以明白作品与作家的一切。我们一点也不反对主张唯物观者的从物质上搜求证据，正如我们不反对那追寻文艺起源的人；可是我们须小心一些，不要上了他们的欺骗，我们准知道文学的认识不只限于证实了文艺的时代与社会背景，我们准知道印象的批评与欣赏的批评等也是认识文学的路子。况且，思想、感情，甚至于审美，都可以由时代与社会而证实一些它们的所以如此如彼；对于解释自然怕就难以找时代与社会的关系吧？谁能证实了"及时小雨放桐叶，无赖余寒开栋花"（陆游）的历史与社会背景呢？设若只说这一定不会在戈壁沙漠里作的，便太近于打诨逗笑。诗文里这样解释自然的地方是很多的，而且是文艺中的最精采处。难道我们不应当注意它们吗？

　　诗歌是最初的文学，在有文字以前便有了诗歌。最初的诗歌，与故事一样，是民众共同的作品，没有私人著作权。关于艺术的各枝是由诗歌衍变出来的，以后在讲"文学形式"时再说。

第七讲　文学的风格

　　按着创造的兴趣说，有一篇文章便有一个形式，因为内容与形式本是在创造者心中联成的"一个"。姜白石《诗说》云："载始末曰引，体如行书曰行，放情曰歌，兼之曰歌行。悲如蛩螀曰吟，通乎俚俗曰谣，委曲尽情曰曲。"这是以实质和形式并提，较比专从形式方面区分种类的妥当一些。但是，如依着这些例子再去细分，文学作品的形式恐怕要无穷无尽了。

　　可是，从另一方面看，文学作品确有形式可寻：抒情诗的形式如此，史诗的形式如彼，五言律诗是这样，七言绝句是那样。一个作者的一首七绝，从精神上说，自是他独有的七绝，因为世界上不会再有与这完全相同的一首。但从形式上看，他这首七绝，也和别人的一样，是四句，每句有七个字。苏东坡的七绝里有个苏东坡存在；同时，他这首七绝的字数平仄等正和陆放翁的一样。那么，我们到底怎样看文学的形式呢？顶好这样办：把个人所具的风格，和普通的形式，分开来说。现在先讲风格，下一讲讨论形式。

风格是什么呢？在《文心雕龙·体性篇》里有这么几句：

> 夫情动而言形，理发而文见；盖沿隐以至显，因内而符外者也。然才有庸俊，气有刚柔，学有浅深，习有雅郑；并情性所铄，陶染所凝，是以笔区云谲，文苑波诡者矣。故辞理庸俊，莫能翻其才；风趣刚柔，宁或改其气；事义浅深，未闻乖其学；体式雅郑，鲜有反其习：各师成心，其异如面。若总其归涂，则数穷八体：一曰典雅，二曰远奥，三曰精约，四曰显附，五曰繁缛，六曰壮丽，七曰新奇，八曰轻靡。

这里，在"各师成心，其异如面"等句里，似乎已经埋藏着"人是风格"的意味；在所举的"八体"里，似乎又难离开这个意旨，而说风格是有一定的了。那还不如简单的用"人是风格"一语来回答风格是什么的较为简妥了。风格便是人格的表现，无论在什么文学形式之下，这点人格是与文艺分不开的。

佛郎士（Anatole France）说："每一个小说，严格的说，都是作家的自传。"（*The Adventure of the Soul*）[①]我们读一本好小说时，我们不但觉得其中人物是活泼泼的，还看得出在他们背后有个写家。读了《红楼梦》和《儿女英雄传》，就可以看出那两个作家的人格是多么不一样。正如胡适先生所说："曹雪芹写的是他的家庭的影子；文铁仙写的是他的家庭的反面。"和"《儿女英雄传》的作者自己，正是《儒林外史》要刻画形容的人物；而《儿女英雄传》的大部分真可叫作一部不自觉的《儒林外史》"。这种有意或无意的显现自己是自然而然的，因为文学是自我的表现，他无论是说什么，他不能把他的人格放在作品外边。凡当我们说：这篇文章和某篇一样的时候，我们便是读了篇没有个性的作品，它只能和某篇相似，不会独立。叔本华说：

> 风格是心的形态，它为个性的，且较妥于为面貌的索隐。去摹拟别人的风格如戴假面具，无论怎样好，不久即

---

① 阿纳托尔·法朗士（1844—1924），法国作家，1921年度诺贝尔文学奖获得者，代表作《诸神渴了》《企鹅岛》等。《灵魂的冒险》是其关于文学批评的一篇文章。本书又写作佛朗士。

引起厌恶，因它是没生命的；所以最丑的"活"脸且优于此。（*on Style*）[1]

　　这个即使丑陋（自要有生气），也比死而美的好一点的东西，是不会叫修辞与义法所拘束住的；它是一个写家怎样看，怎样感觉，怎样道出的实在力量。客观的描写是应有的手段：只写书中人物的性格与行为，而作家始终不露面。但是这个描写手段，仍不能妨碍作家的表现自己。所谓个性的表现本来是指创造而言，并不在乎写家在作品中露面与否，也不在乎他在作品中发表了什么意见与议论与否。作品中的人物是作家的创造物，他给予他们一切，这便不能不也表现着他自己。有人不大承认文艺作品都是写家自己的经验的叙述，因为据他们看，写家的想象是比经验更大的。但是这并没有什么重要；写述自家经验也好，写述自家想象也好，他怎样写出是首要的事，怎样的写出是个人的事，是风格的所由来。

　　美国的褒劳（John Burroughs）[2]说：

———————

　　① 叔本华（1788—1860），德国哲学家、美学家。《论风格》是其《论写作与风格》的一部分。
　　② 约翰·巴勒斯（1837—1921），美国作家。代表作《醒来的森林》是自然文学的经典之作。

在纯正的文学，我们的兴味，常在于作者其人——其人的性质，人格，见解——这是真理。我们有时以为我们的兴味在他的材料也说不定。然而真正的文学者所以能够使任何材料成为对于我们有兴趣的东西，是靠了他的处理法，即注入那处理法里面的他的人格底要素。我们只埋头在那材料——即其中的事实、讨论、报告——里面是决不能获得严格的意味的文学的。文学所以为文学，并不在于作者所以告诉我们的东西，乃在于作者怎样告诉我们的告诉法。换一句话，是在于作者注入那作品里面的独自的性质或魔力到若干的程度；这个他的独自的性质或魔力，是他自己的灵的赐物，不能从作品离开的一种东西，是象鸟羽的光泽、花瓣的纹理一般的根本的一种东西。蜜蜂从花里所得来的，并不是蜜，只是一种甜汁；蜜蜂必须把它自己的少量的分泌物即所谓蚁酸者注入在这甜汁里。就是把这单是甜的汁改造为蜜的，是蜜蜂的特殊的人格底寄予。在文学者作品里面的日常生活的事实和经验，也是被用了与这同样的方法改变而且高尚化的。（依章锡琛译文，见章译本间久雄《文学概论》第一编第四章）

"怎样告诉"便是风格的特点。这怎样告诉并不仅是字面上的，而是怎样思想的结果；就是作者的全部人格伏在里面。那古典派的写家总是选择高尚的材料，用整洁调和的手段去写述。那自然派的便从任何事物中取材，无贵无贱，一视同仁。可是，这不同的手段的成功与否，全凭写家自己的人格怎样去催动他所用的材料：使高贵的，或平凡的人物事实能成为不朽的，是作者个人的本领，是个人人格的表现。他们的社会时代哲学尽可充分不同，可是他们的成功与否要看他们是否能艺术的自己表现；换句话说：无论他们的社会时代哲学怎样不同，他们的表现能力必是由这"怎样告诉"而定。

这样，我们颇可以从风格上判定什么是文学，什么不是文学。比如我们读报纸上的新闻吧，我们看不出记者的人格来，而只注意于事实的真确与否，因为记者的责任是真诚的报告，不容他自由运用他的想象——自然，有许多好的报纸对于文章的好坏也是注意的。反之，我们读——就说杜甫的诗吧，我们于那风景人物之外，不由的想到杜甫的人格。他的人格，说也玄妙，在字句之间随时发现，好象一字一句莫非杜甫心中的一动一颤。那"无边落木萧萧下，不尽长江滚滚来"的下面还伏着个"无边""不尽"的诗人的心。那森严广大的景物，是那伟大心灵的外展；有这伟大的心，才有这伟大的景物之觉得，才有这伟大的笔调。心，那么，是不可少的；独自在自然中采取材料，采来之后，慢慢修正，从字面到心觉，从心觉到字面；所以写出来的是文字，也是灵魂。这就是Longinus所谓："文学中的思想与言语是多为互相环抱的。"（*De Sublimitate* 30.1.）也就是所谓言语为灵魂的化身之意。

据Croce[①]的哲学：艺术无非是直觉，或者说是印象的发表。心是老在那里构成直觉，经精神促迫它，它便变成艺术。这个论调虽有些偏于玄学的，可是却足以说明艺术以心灵为原动力，及个人风格之所以为独立不倚的。因为天才与个性的不同，表现的力量与方向也便不同，所以象刘勰所说："贾生俊发，故文洁而体清；长卿傲诞，故理侈而辞溢；子云沈寂，故志隐而味深；子政简易，故趣昭而事博……"（《文心雕龙·体性篇》）自有一些道理。那浪漫派作品与自然派作品，也是心的倾向不同，因而手段也就有别。偏于理想的，他的心灵每向上飞，自然显出浪漫；偏于求实的，他的心灵每向下看，作品自然是写实的。以柏拉图、亚里士多德为代表的两种人——好理想的及求实的——恐怕是自有人类以来，直至人

[①] 克罗齐（1866—1952），意大利哲学家、历史学家，受黑格尔、维柯的影响，提出艺术即直觉，是非功利的。其美学思想主要集中在《美学原理》一书中。

类灭毁之日，永远是对面立着，谁也不佩服谁的吧？那么，因为写家的个性不同，写品也就永远不会有什么正统异派之别吧？

风格，或者有许多人这么想，不过是文学上的修饰，精细的表现而已。其实不是：风格是以个性为出发点，不仅是文字技巧上的那点小巧。不错，有人是主张"美的是艰苦的"，象 Flaubert[①] 的：

> 无论你要说什么一件事，那里只有一个名词去代表它，只有一个动词去活动它，只有一个形容词去限制它。最重要的是找这个名词，这个动词，这个形容词，直到找着为止，而且这找到的是比别的一切都满意的。

但是，这决不是说：去掀开字典由头至尾去找一遍，而是那文人心灵的运用，把最好的思想用最好的言语传达出来。设若有两个文人同时对同一事物作这样的工作，他们所找到的也许完全不相同吧？普通的事物本来有普通的字代表，可是文学

---

① 福楼拜（1821—1880），法国大作家。提倡"客观而无动于衷"的写作，代表作《包法利夫人》《情感教育》等。他是浪漫主义转向现实主义和现代主义的关键人物。

家由他自己的心灵，把文字另炼造一番，这普通的字便也有了文学的气味。言语的本身并不能够有力量，活泼，正确；而是要待文学家给它这些个好处的构成力。那"山高月小，水落石出"原是八个极普通的字，可是作成多么伟大的一幅图画！只有能觉得这简素而伟大之美的苏东坡才能这样写出，不是个个人都能办到的。那构思十稔而作成《三都赋》的左太冲，恐怕只是苦心搜求字眼，而心中实无所有吧？看他的"树则有木兰枏桂杞櫹桐棕枒楔枞"等等，字是找了不少，可是到底能给我们一个美好的图画，象"山高月小，水落石出"那样的美妙吗？这砌墙似的堆字，不能产生出活文学来，足以反证出风格不只是以修辞为能事的。

那么，风格是什么呢？我们看瑞得（Herbert Read）[①]怎么说："一切修辞的技术都是个人的，它们基于写家的特异的本能与心性的习惯。"他又说："一个惯语是个人所特有的，正如言语中之惯语是某种言语所特有的。正如一言语之惯语不能译成别种言语之惯语而无损于本意，一写家的惯语亦然，也是他个人所有的，不能被别个写家所抄袭或偷取去

---

① 赫伯特·里德（1893—1968），英国诗人、美学家，著有《艺术的真谛》《现代艺术哲学》等。《英国散文风格》出版于1932年。

的。"（*English Prose Style*）这里所谓的惯语，就是写家个人所爱用的言语；人与人的感情不同，思路不同，所以每人都有他自己的一种言语。这几句话更能把风格之所以为特异的说得清楚一些。

说到这里，我们要问：风格到底应当怎样才算好呢？我们已看到刘勰所提出的八条：典雅、远奥、精约、显附、繁缛、壮丽、新奇、轻靡。除了对"轻靡"他说："浮文弱植，缥渺附俗者也。"似乎是要不得的，其余的七条都是可取的。但是这可取的七种就足以包括一切吗？不能！就是司空图的《二十四诗品》恐怕也还没有把诗的风格说尽吧？那么，我们应当怎样认识风格？怎样分析它？怎样得个标准的风格呢？请不要费这个事吧！给风格立标准，便根本与"人是风格"相反；因为"各师成心，其异若面"是不容有一种标准风格的。我们只能说文章有风格，或没有风格，这是绝对的，不是相对的。有风格的是文学，没有风格的不成文学，"风格都是降服读者的唯一工具"。

一个写家的人格是自己的，他的时代社会等也是他自己的，他的风格只能被我们觉到与欣赏，而是不能与别人比较的，所以汪师韩的《诗学纂闻》里说："一人有一人之诗，一时有一时之诗，故诵其诗可以知其人论其世也。"这样，以古人的风格特点为我们摹拟的便利，是丢失了个人，同时也忘了历史的观念。曹丕说过："文以气为主。气之清浊有体，不可力强而致。譬诸音乐，曲度虽均，节奏同检；至于引气不齐，巧拙有素，虽在父兄，不能以移子弟。"（《典论·论文》）风格也是如此：虽有父兄，不能以移子弟。风格从何处得来呢？在前面引的一段里，刘勰提出才、气、学、习四项。对于"才"呢，我们没有什么可说的，因为文学家必须有才；才的不同，所以作品的风格也不一样。关于"气"呢，刘勰说："气以实志，志以定言；吐纳英华，莫非情性。"（《文心雕龙·体性篇》）这似乎是指"气质"而言。气质不同，风格便成为独有的，特异的，正与瑞得所说的相合。至于"习"，也与气质差不多，不过气质是自内而外的，习是由外而内的，二者的作用是相同的。对于"学"，我们应当讨论一下。

　　"学"是没人反对的；但是"学"是否有关于风格呢？莎士比亚是没有什么学问的，而有极好的风格；但丁是很有学问的，也有风格；Saintsbury[①]是很有学问的，而没有风格。这

───────────

　　[①] 圣茨伯里（1845—1933），英国文学史家。他写的英国文学史从欣赏的角度，从形式与技巧着眼，强调"纯文学"。

样的例子还有许多，叫我们怎样决定这问题呢？这里，我们应该把"学"字分析一下：第一，"学"解作"学问"；第二，"学"是学习的意思。对于第一个解释，我们已提出莎士比亚与但丁等为例，是个不好解决的问题。我们再进一步把这个再分为两层："学问"与学文学的关系，和学问与风格的关系。我们对这两层先引几句话来看看，在《师友诗传录》里有这么一段，郎廷槐问：

> 问作诗，学力与性情，必兼具而后愉快。愚意以为学力深，始能见性情；若不多读书，多贯穿，而遽言性情，则开后学油腔滑调，信口成章之恶习矣。近时风气颓波，惟夫子一言，以为砥柱。

王阮亭答：

> 司空表圣云：不著一字，尽得风流，此性情之说也。杨子云云：读千赋则能赋。此学问之说也。二者相辅而行，不可偏废。若无性情而侈言学问，则昔人有讥点鬼簿、獭祭鱼者矣。学力深，始能见性情，此一语是造微破的之论。

张历友答：

> 严羽《沧浪》有云："诗有别才，非关学也。诗有别趣，非关理也。"此得于先天者，才性也。"读书破万卷，下笔如有神"，"贯穿百万众，出入由咫尺"，此得于后天者，学力也。非才无以广学，非学无以运才；两者均不可废……

他们的主张都是才与学要兼备。他们为何要"学"？是要会作诗作赋。可是，会作诗作赋与诗赋中有风格没有是两件事。会作诗赋的人很多，而有风格的并不多见。中国自古至今有许多文人没有把这个弄清，他们往往以为作成有韵有律的东西便可以算作诗，殊不知这样的诗与"创作"的意思还离得很远很远。因为他们没明白了这一点，所以他们作诗作文必要学问，为是叫他们多知道多记得一些古的东西，好叫他们的作品显着典雅。这种预备对于学文学是很要紧的，但是一个明白文学的人未必能成个文艺创作家。学问是给我们知识的，风格是自己的表现。自然，有了学问能影响于风格；但这种影响是好是坏，还是个问题。据亚里士多德看，文学的用语应该自然，他说："那自然的能引人入胜，那雕饰的不能这样。……尤瑞皮地司首开此风：从普通言语中选择字句，而使技术巧妙的藏伏其中。"（*Rhetoric*，III.ii.5—6）[1]但是，一个有学问的人往往不能自已的要显露他的学识；而这显露学识不但不足帮助他的文章，反足以破坏自然的美好；这在许多文章中是可以见到的。"读书破万卷，下笔如有神"是中国文人最喜引用的；这里实在埋伏着"作文即是摹古"的危险；说到风格，反是"诗有别才，非关学也"近乎真理。

至于"学力深始能见性情"更是与事实不合。我们就拿《诗经》中的"风"说吧，有许多是具深厚感情的，而它们原是里巷之歌，无关学问。再看文人的杰作，差不多越是好文章，它的能力越是诉诸感情的。我们试随手翻开杜甫、白居易和其他大诗人的集子便可证明感情是感情，学力是学力，二者是不大有关系的。自然，我们若把性情解作"习好"，学力深了，习好也能随着变一些，如文人的好

---

[1] 亚里士多德（前384—前332），古希腊哲学中最为博学的百科全书式的大思想家。其美学思想主要表现在《诗学》和《修辞学》（*Rhetoric*）中。

尤瑞皮地司，本书又作尤瑞皮底斯，今通译作欧里庇得斯（前485或前480—前406），和埃斯库罗斯和索福克勒斯被并誉为古希腊三大悲剧家，代表作《美狄亚》《希波吕托斯》等。

书籍与古玩等，这是不错的。但是这高雅的习好能否影响个人的风格，是不容易决定的。如果这个习好真能影响于风格，使文人力求古雅远奥，这未必能使风格更好一点，因为古雅远奥有时是很有碍于文字的感诉力的。

我们现在说"学"是"学习"的意思这一层。风格是不可学而能的，前面已经说过。"学习"是摹仿，自然是使不得的。在这里，"学习"至多是象姬本（Edward Gibbon）所说的："著者的风格须是他的心之形象，但是言语的选择与应用是实习的结果。"（*Autobiography*）① 这是说风格是独有的，但在技术上也需要些练习。这是我们可以承认的，我们从许多的作家的作品全体上看，可以找出他幼年时代的作品是不老到，不能自成一家，及至有了相当训练之后，才掷弃这种练习簿上的东西而露出自家的真面目。这是文学修养上的一个步骤，而不是永远追随别人的意思。曾国藩的"以脱胎之法教初学，以不蹈袭教成人"。正是这个意思。不过，我们应更加上一句：这样的学习，能否得到一种风格，还是不能决定的。

现在我们可以作个结论：风格的有无是绝对的。风格是个

---

① 吉本（1737—1794），英国历史学家，著有《罗马帝国衰亡史》和回忆录《自传》。

文学概论讲义

性——包括天才与习性——的表现。风格是不能由摹仿而致的，但是练习是应有的工夫。

我们引唐顺之几句话作个结束：

> 今有两人：其一人心地超然，所谓具千古只眼人也；即使未尝操纸笔呻吟学为文章，但直据胸臆，信手写出，如写家书，虽或疏卤，然绝无烟火酸馅习气，便是宇宙间一样绝好文字。其一人，犹然尘中人也，虽其专文学为文章，其于所谓绳墨布置，则尽是矣；然翻来覆去，不过是这几句婆子舌头语，索其所谓真精神，与千古不可磨灭之见，绝无有也；则文虽工而不免为下格。此文章本色也。即如以诗为喻：陶彭泽未尝较声律，雕句文，但信手写出，便是宇宙间第一等好诗。何则？其本色高也。自有诗以来，其较声律，雕句文，用心最苦而立说最严者，无如沈约，苦却一生精力，使人读其诗，只见其捆缚龌龊，满卷累牍竟不曾道出一两句好话。何则？其本色卑也。（《与茅鹿门论文书》）

第八讲　诗与散文的分别

……诏高力士潜搜外宫，得弘农杨元琰女于寿邸，既笄矣，鬓发腻理，纤秾中度，举止闲冶，如汉武帝李夫人。别疏汤泉，诏赐澡莹。既出水，体弱力微，若不任罗绮！光彩焕发，转动照人。上甚悦。进见之日，奏《霓裳羽衣》以导之……

汉皇重色思倾国，御宇多年求不得。杨家有女初长成，养在深闺人未识。天生丽质难自弃，一朝选在君王侧。回眸一笑百媚生，六宫粉黛无颜色。春寒赐浴华清池，温泉水滑洗凝脂。侍儿扶起娇无力，始是新承恩泽时……

想当初，庆皇唐，太平天下，访丽色，把蛾眉选刷。有佳人，生长在弘农杨氏家，深闺内，端的玉无瑕。那君王一见了，欢无那！把钿盒金钗亲纳，评拔作昭阳第一花。

上列的三段：第一段是《长恨歌传》的一部分，第二段是《长恨歌》的首段，第三段是《长生殿》中《弹词》的第三转。这三段全是描写杨贵妃入选的事，事实上没有多少出入。可是，无论谁读了这三段，便觉得出：第一段与后两段有些不同。这点不同的地方好象只能觉得，而不易简当的说出所以然来。以事实说，同是一件事。以文字说，都是用心之作，都用着些妙丽的字眼。可是，说也奇怪，读了它们之后，总觉得出那些"不同"的存在。到底是怎么一回事呢？为回答这个，我们不能不搬出一个带玄幻色彩的词——"律动"。

我们往往用"余音绕梁，三日不绝"来作形容。这个"绕梁三日不绝"的"余音"从何而来呢？自然，牛马的吼叫决不会有这个余音；它一定是好音乐与歌唱的。这余音是真的呢，还是心境一种现象呢？一定是心象。为什么好的音乐或歌唱能给人这种心象呢？律动！律动好象小石击水所起的波颤，石虽入水，而波颤不已。这点波颤在心中荡漾着，便足使人沈醉，三月不知肉味。音乐如是，跳舞也如是。跳过之后，心中还被那肢体的律动催促着兴奋。手脚虽已停止运动，可是那律动的余波还在心中动作。

　　广泛着说，宇宙间一切有规则的激动，那就是说有一定的时间的间隔，都是律动。象波纹的递进，唧唧的虫鸣，都是有规律的，故而都带着些催眠的力量。从文学上说，律动便是文字间的时间律转，好象音乐似的，有一定的抑扬顿挫，所以人们说音乐和诗词是时间的艺术，便是这个道理。音乐是完全以音的调和与时间的间隔为主。诗词是以文字的平仄长短来调配，虽没有乐器辅助，而所得的结果正与音乐相似。所不同者，诗词在这音乐的律动之内，还有文字的意义可寻，不象音乐那样完全以音节感诉。所以，巧妙着一点说，诗词是奏着音乐的哲学。

　　明白了律动是什么，我们可以重新去念上边所引的三段；念完，便可以明白为什么第一段与后两段不同。它们的不同不在乎事实的描述，是在律动不一样。至于文字呢，第一段里的"纤秾中度，举止闲冶"与"光彩焕发，转动照人"也都是很漂亮的，单独的念起来，也很有些声调。可是读过之后，再读第二段，便觉出精粗不同，而明明的认出一个是散文，一个是诗。那么，我们可以说，散文与诗之分，就在乎文字的摆列整齐与否吗？不然。试看第三段，文字的排列比第一段更不规则，可是读起来（唱起来便更好了），也显然的比第一段好听。为说明这一点，我们且借几句话看一看：

Arthur Symons说：Coleridge这样规定，散文是"有美好排列的文字"，诗是"顶好的文字有顶好的排列"①。但是，这并不能说明为什么散文不可以是顶好的文字有顶好的排列。只有律动，一定而再现的律动，可以分别散文与诗。……散文，在粗具形体之期，只是一种记录下来的言语；但是，因为一个人终身用散文说话而或不自觉，所以那自觉的诗体（就是：言语简变为有规则的，并且成为有些音乐性质的）或是有更早的起源。在人们想到普通言语是值得存记起来的以前，人们一定已经有了一种文明。诗是比散文易于记诵的，因为它有重复的节拍，人们想某事值得记存下来，或为它的美好（如歌或圣诗），或因它有用（象律法），便自然的把它作成韵文。诗，不是散文，或者是文艺存在的先声。把诗写下来，直到今日，差不多只是诗的物质化；但是散文的存在不过文书而已。……在它的起源，散文不带着艺术的味道。严格的说，它永远没有过，也永远不能象韵文、音乐、图画那样变为艺

---

① 阿瑟·西蒙斯（1865—1945），英国文学批评家，所著《象征主义文学运动》影响很大，鲁迅、徐志摩、邵洵美等均很推重。

柯勒律治（1772—1834），英国浪漫主义大诗人，与华滋华斯、骚塞并称为湖畔三诗人。

术。它渐渐的发现了它的能力；它发现了怎样将它的实用之点炼化成"美"的；也学到怎样去管束它的野性，远远的随着韵文一些规则。慢慢的它发展了自己的法则，可是因它本身的特质，这些法则不象韵文那样固定，那样有特别的体裁……

只有一件事散文不会作：它不会唱。散文与韵文有个分别……后者的文字被律动所辖，如音乐之音节，有的时候差不多只有音乐的意思。依Joubert（如贝）说：在诗调里，每字颤旋如美好的琴音，曲罢遗有无数的波动。

文字可以相同，并不奇异；结构可以相同，或喜其更简单一些；但是，当律动一来，里边便有一些东西，虽似原自音乐，而实非音乐。那可以叫作境地，可以叫作魔力；还用如贝的话吧："美的韵文是发出似声音或香味的东西。"我们永不能解释清楚，虽然我们能稍微分别那点变化——使散文极奇妙的变成韵文。

又是如贝说得永远那么高妙："没有诗不是使人狂悦的；琴，从一种意义上看，是带着翅膀的乐器。"散文固然可以使我们惊喜，但不象韵文是必须这样的。况且，散文的喜悦似乎叫我们落在尘埃上，因为散文的城区虽广，可是没有翅儿。……（*The Romantic Movement in English Poetry*）①

Symons这段话说得很漂亮，把韵文叫做带着翅的，可以唱的；更从这一点上去分别散文与韵文的不同——能飞起与能吟唱都在乎其中所含的那点律动，没有这点奇妙律动的便是散文。

但是，我们要问一句：散文与韵文的律动，到底有什么绝对的分别没有呢？假如我们不能回答这一点，前面所引的那些话，虽然很美好，还是不能算作圆满；因为我们分别两件东西，一定要指出二者的绝对不同之点；不然，便无从分别起。我们再引几句话看看吧：

　　分别散文与诗有两条路。一条是外表的与机械的：诗是一种表现，严格的与音律相关联；散文是一种表现，不

————————

① 阿瑟·西蒙斯《英国诗歌的浪漫运动》。

　　如贝，今译作约瑟夫·儒贝尔（1754—1824），法国学者，未有著述。死后其好友夏多布里昂整理其笔记，结集为《随思录》，钱钟书《谈艺录》里多处引用了儒贝尔的观点。

求音乐的规则，但从事于极有变化的律动。但是，以诗立论，这种分别显然的只足以说明"韵语"，而韵语不必是诗，是人人知道的——韵语实在只是一种形式，是，也许不是，曾受了诗感的启示。所以韵语并不是根本问题；它不过是律动的一种类而已，抽象的说，它只是个死板的、学院的规法。这种规法永没有为散文设立过；所以，散文与韵文没有确定的不同。我们不能不追求"诗"字的更重要的意义。

……诗与散文之分永远不能是定形的。无论怎样分析与规定韵律音节，无论怎样解释声调音量，也永远不会把诗与散文的种种变化分入对立的两个营幕里去。我们至多也不过能说散文永不遵依一定的音律，但这是消极的理由而没有实在的价值……

诗与散文的分别也是个物质的；那就是说，因为我们是讨论心灵上的东西，这个分别是心理的。诗是一种心灵活动的表现，散文是另一种。

诗是创造的表现；散文是构成的表现……

创造在此地是独创的意思。在诗里，文字是在思想的动作中产生出或再生。这些文字是，用个柏格森的字，"蜕化"；文字的发展和思想的发展是同等的。在文字与思想之间没有时间的停隔。思想便是文字，文字便是思想，思想与文字全是诗。

"构成的"是现成的东西，文字在建筑者的四围，预备着被采用。散文是把现成的文字结构起来。它的创造功能限于筹画与设计——诗中自然也有这个，但是在诗中这个是创造功能的辅助物。（Herbert Read, *English Prose Style*.）①

律动的不同是我们从诗与散文中可以看得出的，但是这个不同不能清清楚楚的对立，因而诗与散文的分别便不能象Symons那么专拿律动作界碑了。亚里士多德在《诗学》里也说过："诗是比历史更郑重更哲理的，因为诗是言普遍真理的，不是述说琐事的。"他也说："诗人应为神话的制作者，不是韵律的制作者。"这都足以证明，诗是创造的，不专以排列音韵为能事。这样的看法有几样好处：

一、因为我们知道诗的成功在乎它的思想、音律；而且这音律与思想是分不开的，我们便容易看出什么是诗，什么不

---

① 赫伯特·里德《英国散文风格》。

柏格森（1859—1941），法国思想家，1928年诺贝尔文学奖获得者，代表作《创造进化论》。

是诗。设若诗中的音律不是艺术化的，而只是按一定的格式填成的，那便不是诗，虽然它有诗的形式。试看"无室无官苦莫论，周旋好事赖洪恩。人能步步存阴德，福禄绵绵及子孙"（《今古奇观·裴晋公义还原配》），便不能引起我们诗的狂喜；其实这首诗的平仄字数也并没有什么缺欠；若只就律动说，这里分明有平仄抑扬，为什么它还是不能成为诗呢？这便是韵语与诗之分了：凡有音律的都可以叫作韵语，但韵语不都是诗；诗中的律动是必要的，但是这个律动决不是指格式而言，而且诗中的律动必须与诗的实质同时的自然的一齐流荡出来。好诗不仅仗着美好的律动，思想与文字必须全是诗。诗的一切是创造的；韵语只是机械的填砌。

在前面，我们用律动说明了所引的《长恨歌》等三段的所以不同。现在，我们明白了用律动分别诗与散文还不是绝对的。那么，我们试再读那三段看看。不错，我们还觉得它们的律动不同；但是我们不能不承认那一段散文也有它的律动。况且，我们如再去读别的散文，便觉得散文的律动是千变万化，而永远不会象诗那样固定；所以，不如说这散文与诗的分别是心理上的，而律动只是一部分的事实而已。同时我们也看得出：散文不论怎样美好，它的文字是现成的，决不会象诗中的那样新颖，那样表现着创造独有的味道。

　　　　　　　　文学概论讲义

二、我们这样说明诗与韵语之别，便可以免去许多无谓的争执——如诗的格式应如何，诗是否应用韵等。照前面的道理看，诗的成立并不在乎遵守格式与否，而是在能创造与否。诗的进展是时时在那里求解放，以中国诗说，四言诗后有五言，五言后有七言，七言后有长短句，最近又有白话诗，这便是打破格式的进展。白话诗也是诗，不是白话文；有格体音律的诗有些并不能算是诗；这全凭合乎创造的条件与否。好的律诗与好的白话诗的所以美好可以用这一条原则评定，而不在乎格律的相同与否。诗人的责任是在乎表现，怎样表现是仗着他的创造力而全有自由，格律是不能拘束他的，我们随便拿两首诗来看看：

黄河远上白云间，一片孤城万仞山。

羌笛何须怨杨柳，春风不度玉门关。

（王之涣《凉州词》）

这自然是很美了，但是象

帘外雨潺潺，春意阑珊。罗衾不耐五更寒。梦里不知身是客，一饷贪欢。

独自莫凭阑，无限关山，别时容易见时难。流水落花春去也，天上人间！

（李煜《浪淘沙·感旧》）

也是非常美的，而且所表现的神情，或者不是七言五言诗所能写得出的。我们既承认词的好处（因为我们承认了它在创造上的价值，而忘了它破坏律诗体的罪过），我们便没法去阻止那更进一步的改革——把格律押韵一齐除掉——白话诗。看看：

窗外的闲月，紧恋着窗内蜜也似的相思。相思都恼了。一抽身就没了。月倒没了，相思倒觉着舍不得了。（康白情《窗外》）

这里的字句没有一定，平仄也不规则，用字也不典雅，可是读起来恰恰合前面"思想与文字全是诗"的原理。我们不能因为它也不合于旧诗的格律而否认它。我们只求把思想感情唱出来，不管怎样唱出来。给诗人这个自由，诗便更发达、更自然。

三、据以上的理由说，诗的言语与思想是互相萦抱的，诗之所以为言语的结晶也就在此。在散文中差不多以风格自然为最要紧的，要风格自然便不能在文学上充分的推敲，因为辞足达意是比辞胜于意还好一些的。诗中便不然了，它的文字与思想同属于创造的；所以它的感诉力比散文要强烈得多。设若我们说："战事无已呀，希望家中快来信！"这本来是人人能有的心情，是真实的；可是只这样一说，说过了也便罢了。但是，当我们一读到杜甫的：

> 国破山河在，城春草木深。
> 感时花溅泪，恨别鸟惊心！
> 白头搔更短，浑欲不胜簪。
> 烽火连三月，家书抵万金！ [1]

我们便不觉泪下了。这"烽火连三月，家书抵万金"还不就是"战事无已呀，希望家中快来信"的意思吗？为什么偏偏念了这两句才落泪？这便是诗中的真情真理与言语合而为一，那感情是泪是血，那文字也是泪是血；这两重泪血合起来，便把我们的泪唤出来了。诗人作诗的时候已把思想与言语

---

[1] 原稿缺第三句。

打成一片，二者不能分离；因为如此，所以它的感诉力是直接的，极快的，不容我们思想，泪已经下来。中国的祭文往往是用韵的，字句也有规则，或者便是应用这个道理吧。至于散文，无论如何，是没有这种能力的；它的文字是传达思想的，读者往往因体会它的思想而把文字忘了。读散文的能记住内容也就够了；读诗的便非记住文字不可。谁能把"剪不断，理还乱，是离愁；别是一番滋味在心头"的意思记住，而忘了文字？就是真有人只把这个意思记住，他所记住的决不会是完全的清楚的，因为只有这些字才足以表现这些意思，不多不少恰恰相等；字没了意思也便没了。

四、言语和思想既是分不开的，诗的形体也便随着言语与思想的不同而分异。先说言语方面。一种言语有一种特质，因此特质，诗的体格与构成也便是特异的。希腊拉丁的诗，显然以字音的长短为音律排列的标准；英国诗则以字的"音重"为主；中国诗则以平仄成调；这都是言语的特质使然。中国的古诗多四言五言，也是因为中国言语，在平常说话中即可看出，本来是简短的。七言长句是较后的发展，因为这是文士的创造，已失去古代民间歌谣的意味。就是七言诗，仅以七个音成一句，比之西国的诗也就算很短了。这样，诗既是言语的结晶，便当依着言语的特质去表出自然的音乐，勉强去学异国的诗格，便多失败。因此，就说译诗是一种不可能的事也不为过甚；言语的特质与神味是不能翻译的；丢失了言语之美，诗便死了一大半。

从思想上说呢，那描写眼前一刻的景物印象自然以短峭为是，那述讲一件史事自然以畅利为宜。诗人得到不同的情感，自然会找出一个适当的形式发表出来。所以：

> 夕殿下珠帘，流萤飞复息。
>
> 长夜缝罗衣，思君此何极！（谢朓《玉阶怨》）

是一段思恋的幽情，也便用简短的形式发表出来。那《长恨歌》中的事实复杂，也便非用长句不足以描写得痛快淋漓。

不过一首诗的写成，其启示是由于思想，还是由于形式呢？这在下一讲里再讨论。

就以上几点看，文学与非文学是在乎创造与否。表现之中有创造的与构成的区别——诗与散文。诗与散文只能这样区别；在形式上、格律上是永不会有确切的分界的。

第九讲 文学的形式

我们曾经夸奖过萧统的选文方法，因为它给文与非文划出一条界限。但是，我们不满意他的分类法。他把所选的文章分成：赋、诗、骚、七、诏、册、令、教、表、上书、启、弹事、笺、奏记、书、檄、对问、设论、辞、序、颂、赞、符命、史论、史述赞、论、连珠、箴、铭诔、哀、碑文、墓志、行状、吊文、祭文等类。这样的分类法是要给"随时变改，难以详悉"的文艺作品一个清楚的界划，逐类列文，以便后学对各体都有所本。但是，诗、七、赋等，因为有一定的形式，可以提出些模范作品；至于序、史论，论等，是没有一定结构与形式的，怎能和诗、七等对立呢？设若不论是诗赋，是序论，全以内容的好坏为入选的标准，不管它们的形式，那就无须分这么多类。可是不分类吧，诗赋等不但是内容不同，形式也是显然的有分别，而且忽略了这形式之美即失去许多对它们的欣赏。这个混乱从何而起呢？因为根本没弄清诗与散文的分别。

不弄清这个分别永远不能弄清文学的形式。文学的形式只能应用于诗，因为诗是在音节上、长短上，有一定的结构的。泛言诗艺，诗的内容与形式便全该注意；严格的谈诗的组织便有诗形学（Prosody）。诗形学不足以使人明白了诗，但它确是独立的一种知识。散文中可有与诗形学相等的东西没有呢？没有。那就是说，诗与散文遇到一处的时候，诗可以列阵以待，而散文总是一盘散沙。那么，在形式上散文既不能整起队伍来，而要强把它象诗一样的排好，怎能不混乱呢？

后来，姚鼐的《古文辞类纂》，把文章分为十三类：论辩、词赋、序跋、诏令、奏议、书说、哀祭、传志、杂记、赠序、颂赞、铭箴、碑志。这虽然比萧统的分法简单了，知道以总题包括细目；可是又免不了脱落的毛病，如林语堂先生所说："……姚鼐想要替文学分十三体类，而专在箴铭赞颂奏议序跋钻营，却忘记了最富于个性的书札，及一切想象的文学（小说、戏曲等）。"（《新的文评序》）不过，林先生所挑剔的正是这种分类法必然的结果：强把没有一定形式的东西插上标签，怎能不发生错误呢？再退一步讲，就是这种分类不是专顾形式，而以内容为主，也还免不了混乱：到底文艺作品的内容只限于所选的这些题目呢，还是不止于此？况且这十三类中分明有词赋一类，词赋是有定形的。

曾国藩更比姚鼐的分类法简单些，他把文艺分成三门十一类。他对于选择文章确有点见识，虽与萧统相反，而各有所见。萧是大胆的把经史抛开；曾是把经史中具有文学价值的东西拉出去交给文学——《经史百家杂钞》。他似乎也看到韵文与散文的分别，不过没有彻底的明白。对论著类他说，"著作之无韵者"；对词赋类他说，"著作之有韵者"。以有韵无韵分划，似乎有形式可寻，但这形式是属于一方面的，以无形式对有形式——以词赋对论著。但是无论怎么说吧，他似乎是想到了形式方面。至于到了序跋类，他便没法维持这有韵与无韵的说法，而说，"他人之著作序述其意者"。这是由形式改为内容了。以内容分类可真有点琐碎了：传志类是"所以记人者"，叙记类是"所以记事者"，典志类是"所以记政典者"……那么，那记人记事兼记政典者又该分列在哪里呢？有一万篇文章便有一万个内容，怎能把文艺分成一万类？况且以内容分类是把那有形式的诗赋也牵扯在泥塘里，不拿抒情诗史诗等分别，而拿内容来区划，这连诗形学也附带着拆毁了。

那么，以文人的观点为主，把文学分为主观的与客观的，妥当不妥当呢？象：

文学概论讲义

（主观的）

  散文——议论文

  韵文——抒情诗

（客观的）

  叙记文

  叙事诗

（主观的客观的）

  小说

  戏剧

  这还是行不通。主观与客观的在文章里不能永远分划得很清楚的，在抒情诗里也有时候叙述，在戏剧里也有抒情的部分——这在古代希腊戏剧与元曲中都是很显明的。况且，这还是以散文与韵文对立，我们在前面已说过散文在形式上是没有与韵文对立的资格。

  有人又以言情，说理，记事等统系各体，如诗歌颂赞哀祭等是属于言情的，议论奏议序跋等是属于说理的，传志叙记等是属于记事的。这还是把诗歌与散文搀混在一处说，势必再把诗歌分成言情，说理，记事的。这样越分越多，而且一定越糊涂。

那么，我们应当怎样研究文学的形式呢？这很简单，诗形学是专研究诗的形式的，由它可以认识诗的形式，它是诗形的科学。散文呢？没有一定的形式，无从研究起。自然小说与戏剧的结构比别种散文作品较为固定，但是，它们的形式仍永远不会象诗那样严整，永远不会有绝对的标准（此处所说的戏剧是近代的，不是诗剧）。

我们为什么一定要研究形式呢？有的人愿对于这个作一种研究。但是这不足说明它的重要。我们应提出研究形式对于认识文学有什么重要：

一、文学形式的研究足以有助于看明文学的进展。请看 Richard Green Moulton[①] 的最有意思的表解：

---

① 理查德·格林·莫尔顿（1849—1924），美英学者，著有《圣经的文学研究》《文学的现代研究》等。

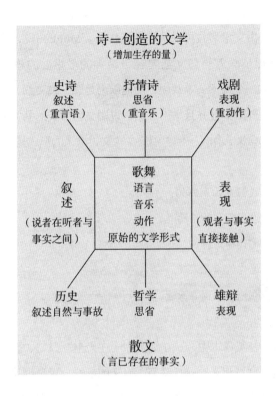

诗＝创造的文学
（增加生存的量）

史诗　　　　抒情诗　　　　戏剧
叙述　　　　思省　　　　　表现
（重言语）　（重音乐）　　（重动作）

歌舞
叙　　　　语言　　　　表
述　　　　音乐　　　　现
　　　　　动作
（说者在听者与　　　　　（观者与事实
事实之间）　原始的文学形式　直接接触）

历史　　　　哲学　　　　雄辩
叙述自然与事故　思省　　　表现

散文
（言已存在的事实）

由上表我们看出文学的起源是歌舞，其余的文艺品都是由此分化出来的。这足以使我们看清文艺各枝的功能在哪里：戏剧是重动作的，抒情诗是重音乐的……而且还足以说明文学形式虽不同，可是并非界划极严，因为文艺都是一母所生的儿女，互有关联，不能纯一。

二、由文学形式可以认识文艺作品。Moulton说，清楚的明白外形是深入一切文艺内容与精神的最重要的事。他又说：假如一个人读一本戏剧，而他以为是念一篇文章，一定是要走入迷阵的。他并且举出证据，说明文艺形式的割裂足以损失内容的含义，如《圣经》中的主祷文，原来的形式是：

> 我们在天上的父：
> 愿人尊你的名为圣，
> 愿你的国降临，
> 愿你的旨意实现，
> 在地上如同在天上。

可是在英译本中，"在地上如同在天上"只与"愿你的旨意实现"联结起来。这样割裂了原来的形式，意思也就大不同了。按着原来的形式，这最后的一句原是总承上三句的。

我们因此可以想到，不按着词的形式而读词要出多少笑话。

三、形式有时是创造的启示。形式在一种意义之下是抒情诗，史诗，诗剧等的意思。在创造的时候，心中当然有个理想的形式，是要写一首抒情诗呢，还是一出戏剧？这个理想的形式往往是一种启示。只有内容永远不能成为诗，诗的思想，精神，音乐，故事，必须装入（化入或炼入较好一些）诗的形式中，没有诗的形式便没有诗；只记住诗的内容而谈诗总不会谈到好处的。因此，要把思想、故事等化入什么形式中，有时是诗人的先决问题。东坡的摹陶，白居易的乐府，和其余的大诗人的拟古，便多半受了形式的启示。诗的体裁格架不是诗的一切，但是它确有足以使某种思想故事在某种体格之下更合适更妥当的好处。我们不能因为旧的形式而限制新形式的发展。但是新也好，旧也好，诗艺必须有形式。

胡适之先生的新诗是显然由词变化出来的，就是那完全与旧形式无关属的新诗，也到底是有诗的形式，不然便不能算作诗。新诗的形式是作新诗的一种启示。新诗可以不要韵，不管平仄的规矩，但是总得要音乐，总得要文字的精美排列；这样，在写作之前，诗人必先决定诗的形式，不然，作出来的便不成为诗。他可以自己创造一种形式，可是不能不要形式。反对新诗的是不明白形式不是死定的，他们多半以诗形当作了诗艺。新诗人呢，为打破旧的形式而往往忽略了创造美好的新形式，因而他们的作品每缺乏了音乐与美好排列之美。这不是说要求新诗人们共同决定一种新的格律，是说形式之美是缺乏不得的。

四、形式与内容的关系。什么是内容？诗中的事实。什么是形式？诗的怎样表现。这样看，诗人的文字便是形式。

另有一种看法：事实的怎样排列是形式，诗人的字句是内容。这是把上一段的说法颠倒了一下。在上一段里，以《长恨歌》说吧，《长恨歌》的事实是内容，白居易的文字是形式。这里说，白居易的文字是内容，《长恨歌》的排列方法是形式。前者是要说明事实是现成的，唐明皇与杨玉环的事实是人人知道的，而白居易怎样诉说这件故事，给这件事一个诗的形式。后者是要说明诗人怎样把事实排列成一个系统，一个艺术的单位，便是诗的形式。假如他未能艺术的把事实排列好，东边多着一块，西边短着一块，头太大或脚太小，便是破坏了形式之美。前者是注重表现，后者是注重排列。后者似乎以诗完全当作形式，和看雕刻的法子差不多了。这两种看法在应用于文学批评的时候似乎有些不易调和，因为一个是偏重表现的字句，一个偏重故事的穿插。但是它们都足以说明形式的重要，并且都足以说明形式不仅是体格规律，而且应由诗人自由设计；怎样说，怎样排列，是诗人首当注意的。格式是死的，在这死板的格式中怎样述说，怎样安排，是专凭诗人的技能。格式不错而没有独创的表现与艺术的排列还不能成为诗。

可是，这两种看法好似都有点危险：重表现的好似以为内容是不大重要的，随便挑选哪个事实都可以，只要看表现得美好与否。这好似不注重诗的感情与思想。重穿插的好似以为文字是不大要紧的，只要把事实摆列得完美便好了。这好似不注重诗的表现力。在这里我们应当再提到诗是创造的；文字与内容是分不开的，专看内容而抛弃了文字是买椟还珠，专看文字不看内容也是如此。诗形学是一种研究工夫；要明白诗必须形式与内容并重：音乐，文字，思想，感情，美，合起来才成一首诗。

我们决不是提倡恢复旧诗的格式，我们根本没有把形式只解释作格式；我们是要说明形式的重要，而引起新诗人对于它的注意。专研究形式是与文艺创作无关的；知道注重形式是足以使诗更发展得美好一些的。新的形式在哪里？从文字上，从音节上，从事实的排列上，都可以找到的。这样找到的不是死板的格式，是诗的形式。今日新诗的缺点不在乎没格式，而在乎多数的作品是没形式——不知道怎样的表现，不知道怎样的安排，不知道怎样的有音节。我们不要以为创作的时候，形式与内容是两个不相同的进程：美不是这二者的黏合者。

自然的一切形象与一些心象相交，这种心象的描写只

能由以自然的形象为其图画。（Emerson）[1]

在一切美中必有个形式，这个形式永远是心感的表现。无表现力的感情，无形式之美的心境，是野蛮人的；打磨光滑而无情感的韵语是艺术的渣滓！形式之美离了活力便不存在。艺术是以形式表现精神的，但拿什么形式来表现？是凭美的怎样与心相感应。形式与内容是分不开的。形式成为死板的格式便无精力，精神找不到形式不能成为艺术的表现。

---

① 爱默生（1803—1882），美国思想家、诗人。代表作《论文集》《代表人物》等，其中《论自然》《美国学者》等著名篇章对美国性格的形成均有深远影响。

第十讲　文学的倾向（上）

这一讲本来可以叫做"文学的派别"，但是"派别"二字不甚妥当，所以改为"倾向"。"派别"为什么不妥当呢？因为文艺的分歧原是个人的风格与时代的特色形成的，是一种发展，不是要树立派别，从而限制住发展的途径。

文学家有充分运用天才与技术的自由，而时代与思想又是继续变进的，因而文学的变迁是必然的。研究文学史的能告诉我们文学怎样的进展变化，研究文艺思潮的能告诉我们文学为什么变化，但是他们都不许偏袒某派的长处而去禁止文学的进展与变化。他们是由作家与作家的时代精神去研究这个进展变化的路线与其所以然，那么，他们便是追求文学的倾向；这文学倾向的移动是很有意思的研究。反之，看见一种倾向已经成形，便去逐字逐句的摹拟，美其名曰某派的拥护者，某大家的嫡传者，文艺便会失了活气，与时代精神隔离，以至于衰死。所以看文学的倾向才能真明白文学在历史上的发展，而将某时代的作品还给某时代；既明白了文学史的真义，也便不至有混含不清的批评了。

专以派别为研究的对象，就是分析得很清楚，也往往有专求形式上的区分而忽略了文学生命的进展的弊病。作家的个性是重要的，但是他不能脱离他的时代；时代色彩在他的作品中是不自觉而然的；有时候是不由他不如此的；明白了这个才能明白文艺的形式下所埋藏的那点精神。举个例子说：在欧洲文艺复兴的时候，人们把埋了千来年的古代希腊拉丁的文艺复活起来，这是历史上的一件美事。人们在此时有了使古代文艺复活的功劳，可是他们同时铸成了一个大错误，便是由发现古物而变为崇拜古物，凡事以古为主，而成了新古典主义。这新古典派的人们专从古代作品中找规则，从而拿这些规则来衡量当代的作品。他们并没有问，为什么古代作品必须如此呢？因为他们不这样问，所以他们只看了古代文艺的形式，而没有追问那形式下所含蕴的精神。

其实希腊作品的所以静美匀调，是希腊人的精神的表现。新古典派的人们只顾了看形式，而忽略了这一点，于是处处摹拟古人而忘了他们自己生在什么地方，什么时代。这是个极大的错误，因为他们的历史观错了，所以把文学也弄个半死。设若他们再深入一步，由形式看到精神，他们自然会看出文学为什么倾向某方去，也便明白了文学是有生命的，到时候就会变动的。希腊人们是爱美的，但是，他们并不完全允许思想自由，梭格拉底①的死，与阿里司陶风内司②的嘲笑梭格拉底和尤瑞皮底司，便是很好的证据。以雕刻说吧，希腊的雕刻是极静美的，但是这也因为希腊雕刻是要受大众的评判的；一件作品和群众的喜好不同便不能陈列出去。希腊人的天性是爱平匀静好之美的，所以大家也便以此批评艺术；于是作家也便不能不这样来表现。他们不喜极端，因而也不许艺术品极端的表现。这样，在古代希腊艺术作品的平匀静好之下还藏这段爱平匀静好的精神；我们怎能专以形式来明白一时代的作品呢？那么，在这里我们用"倾向"，不用"派别"，实在有些理由了。

再说，一派的作品与另一派的比较起来，设若他们都是立得住的作品，便都有文学特质上相同之点；严格的分派是不可

---

① 苏格拉底。

② 阿里斯托芬（前446—前385），古希腊作家，被誉为"喜剧之父"，代表作《鸟》《阿卡奈人》《蛙》等。阿里斯托芬在剧作《云》中将苏格拉底描绘为一个四体不勤的白面书生，他死后被柏拉图写进《会饮篇》《苏格拉底的申辩》等作品里。

能的。就是一个作品之中有时也含着不同的分子，我们又怎样去细分呢？

派别的夸示是摹拟的掩饰，以某派某家自号的必不是伟大的创作家。那真能倡立一家之说，独成一派的人们，是要以他们的作品为断；不能因为他们喊些口号便能创设一派。

在中国文学史上虽然也可以看出些文学的变迁，但是谈到文艺思潮便没有欧洲那样的显明。自从汉代尊经崇儒，思想上已然有了死化的趋势，直到明清，文人们还未曾把"经"与"道"由文学内分出去，所以，对于纯文艺纵然能欣赏，可是不敢公然倡导；对于谈文学原理的书，象《文心雕龙》，真是不可多得的；虽然《文心雕龙》也还张口便谈"原道""宗经"。对于文学批评多是谈自家的与指摘文艺作品的错误与毛病，有条理的主张是不多见的。至于文学背后的思想，如艺术论、美的学说，便更少了；没有这些来帮助文学的了解，是不容易推倒"宗经"与"原道"的信仰的。有这些原因，所以文艺的变迁多是些小的波动，没有象西洋的浪漫主义打倒古典主义那样的热烈的革命；因此，谈中国文学的倾向是件极不容易的事。

我们可以勉强的把中国文学倾向分作二个大潮：

第一个是秦汉以先的，这可以叫作正潮。因为秦汉以先的作品，全是自由发展的，各人都有特色，言语思想也都不同；虽然伟大的作品不多，但确是文艺发展的正轨。虽然这时候还没有文学主义的标树，甚至于连文学的认识还不清楚（看第二讲），可是创造者都能尽量发表心中所蕴，不相因袭。在散文与诗上都有相当的成绩，如庄子的寓言，屈原的骚怨，都是很不幸的没有被后人胜过去。设若秦汉以后还继续着这种精神自由的前进，中国文学当不似我们所知道的那么死板。可怜秦代不许人们思想，汉代又只许大家一样的思想，于是这个潮还没到了风起云涌，已经退去，只剩下一些断藻蛤殼给后人捡拾了！

第二个潮流是自秦汉直至清代末日，这个长而不猛的潮可以叫作退潮。因为只是摹古，没有多少新的建设。"文以载道"之说渐渐成了天经地义，文艺就渐渐屈服于玄学之下，失去它的独立。纵然有些小的波澜，如主格调与主神韵之争，主义法与主辞藻之争，虽然主张不同，其实还都是以古为准。那主张格调的是取法汉魏，那主张神韵的是取法王维、孟浩然。摹拟的人物不同，其为摹拟则一。在散文上，有的非上拟秦汉不可，有的取法唐宋也好。无论是摹拟哪家哪派，在工具上都是用死文字，于是一代一代的下来，不但思想与言语是死定的，就是感情也好似划一了——无病呻吟。

在这个死水里，好似凡是过去的时代与死去的人便可以成一派，派别分得真不少：以文章言，便有西京体、东京体、建安体、正始体、太康体、永嘉体、永明体、初唐体、开元天宝体、元和长庆体、晚唐体……有的便提出一、二人为领袖，如二陆、两潘、韩柳等。诗也是这样，看《沧浪诗话》里说：

> 以诗而论，则有：建安体、黄初体、正始体、太康体、元嘉体、永明体……以人而论，则有：苏李体（苏武、李陵）……陶体（渊明）……元白体（微之、乐天）……

按着我们的意思看，这种分派法本来有些道理：文艺是自由的，有一人便有一体，岂不很好？但是这样分派别体的人并不这样想，他们以为凡是成功的写家，便是后学的师傅，有了祖师才能有所宗依。这样的分派也并不是因为死去的人立了什么新的主义，新的解释；只是他们在文字运用上与别人稍有不同；所以这不是文学有了什么新倾向，是摹古的人们又多了一种新模范。这个潮流自始至终可以说是受了古典主义的管辖，一代又一代，只在那里讲些修辞法，文章结构等；并没在心灵表现上领悟文学。这个潮退到以八股取仕便已成了一坑死

文学概论讲义

水，渐渐的发起臭来。

第三个潮流是个暗潮，因为它直到清朝末年还没被正统的作家承认。词、戏曲、小说，在那摹古的潮下暗中活动，它们的价值直到今日才充分的显露出来。几百年中这些自由发展的真文艺埋藏在那残退的摹古潮下，人们爱它们而不敢替它们鼓吹。就是那大胆的金圣叹，还只是用批判旧文学的义法来评《水浒传》等，并没明白这活文学的妙处在哪里。那些作家，虽然产生了这些作品，可是并没作主义上的宣传，没作文学革命的倡导。从事实上看，只有这些作品可以代表这些时代文学的倾向，可是从历史上看，它们确是暗中活动，并没能推翻那腐旧的东西代而有之。本来这个暗流可以看成是浪漫主义打倒古典主义，好象西洋文学倾向的转移。但是这浪漫主义始终没有正当的有力的主张与评论来帮忙，自来自去，随生随灭，没能和古典主义正式宣战。这或者因为科举制度给陈死的文学一种绝对的势力，决不容文学革命吧？

这三股大潮里，第一个是有力而没得充分发展，所以成绩不多。第二个是大锣大鼓的干而始终唱那出老戏。第三个是不言不语的自行发展，有好成绩而缺乏主张，非常娇好而终居妾位。在这里很难看出文学的倾向，因为那正统的公认的文学是一股死水，而新的活流只是在下边暗暗活动，没有公然的革命；虽然现在我们可以把这暗潮作为文学进展的正轨，可是由历史上看确不是这样；承认小说与戏剧的价值不是晚近的事么？因四言五言诗太呆板狭促才有七言诗，因七言诗仍有拘束才有词；但是词被称为"诗余"，这便是没有能够代替了诗。中国文学的大革命恐怕要以前几年的白话文学运动为第一遭了。

现在，差不多人人谈着什么古典主义、写实主义；要明白这一些，我们不能不去看西洋文学的倾向，因为由我们自家的文学史中是看不见的。

古典主义：古典主义这个名称是后人给古代希腊拉丁作品起的，古代希腊罗马的作家并不知道这个。希腊文明在欧洲历史上的重要是人人知道的。希腊人的精神是现实的，爱美的。因为现实，他们的宗教中也带着点游戏的意味，神是人性的，带着一切人的情感。因为爱美，他们处处求调和匀静之美，不许用极端的表现破坏形式的调和。在希腊全盛时期所产生的艺术品，雕刻、戏剧、诗文，处处表现着这生活欲与美的调节的特色。这些产品是空前的，有些也是绝后的，所以希腊虽衰败，它的艺术之神的领域反而更扩大了。到了亚里山大四处征讨，希腊的文明便传遍了地中海四岸。后来罗马兴盛起来，以武力征服那时所知道的世界，可是在精神方面反作了希腊艺术的皈依者。希腊的雕刻、戏曲、诗文、哲学，都足以使雄悍的罗马人醉倒；于是由希腊捉去的俘虏反作了罗马人子弟的师保。罗马文学家以希腊文艺为模范，为稿本，正如郝瑞司（Horace）[1]所说，"永别叫希腊的范本离开手"。罗马的作品也有很好的，所以后世便把希腊罗马的作品叫作古典主义的。

我们须知道：欧洲文明的来源是有两个。希腊是一个，希伯来也是一个。希腊的精神是现世的，爱美的，已如上述；希伯来的正和这相反，它是重来世的，尊神权而贱人事的，上帝的正义高于一切。上面说过罗马如何接受希腊的精神，可是这希伯来思想也没老实着。罗马的现世观叫肉欲荒淫十分的表现着，于是那捐身奉一神，贱现世而求永生的基督教便在下面把罗马帝国盗空了。罗马后来分为两个帝国：东罗马帝国虽立基督教为国教，可是教权终在政权之下。在西罗马帝国呢，罗马的教皇利用北方蛮族的侵入，扩大教权，作成人与神的总代表，他的势力高过一切。基督教胜利了，现世

---

① 贺拉斯（公元前65—公元前8），古罗马诗人，其《诗艺》奠定了古典主义理论基础。

的精神自然是低落了，艺术品差不多被视为是肉欲的，有罪的，这便是欧洲的黑暗时代。

但是在东罗马帝国研究古代学问的风气还未曾断绝，于是希腊文艺渐渐传到西利亚与阿拉伯去，而被译成东方言语。后来，这阿拉伯文的译本，又由东而西的到了西班牙而传及全欧；最重要的是亚里士多德的《逻辑学》。这时候西欧对古希腊的知识全是这样间接得到的，没有什么能读希腊原文书籍的人；自然，这枝枝节节得到的也不会叫他们真实了解希腊的学问。僧侣们——只有僧侣们知道读书——更利用这滴滴点点的知识来证释神学，他们要的是逻辑法，不求真明白希腊思想。拉丁文是必须学的，但是，用这死文字来传达思想，自然不会产生什么伟大的文艺。这时候所谓文学者只是修辞学与文法，那最可爱的古代文艺全埋在黑暗之下，没人过问了。

太黑暗了，来一些光明吧！芙劳兰思（Florence）的但丁（Dante，Alighieri，1265—1321）作了《神圣的喜剧》①。他不用拉丁文，而用俗语，所以名之为喜剧，以示不庄严之

---

① 但丁，生于佛罗伦萨（Florence），被恩格斯誉为"中世纪的最后一位诗人，同时又是新时代的最初一位诗人"，代表作《新生》《神曲》（即《神圣的喜剧》）。《神曲》分地狱、炼狱、天堂三部，本稿净业界即炼狱。

意。这出喜剧中形容了天堂地狱和净业界（Purgatorio），并且将那时所知道的神学，哲学，天文，地理，全加在里面。在内容方面可以说这是中古的总结帐，在艺术方面立了新文学的基础。但丁极佩服罗马文学黄金时代的窝儿基禄（Virgil）[1]。他极大胆的用当时的方言作了足以媲美希腊拉丁杰作的喜剧。在文字方面他另有一本书 *De Vulgari Eloquentia*（《论俗语》），来说明方言所以比拉丁文好。这样，他给意大利的文学打下基础，也开了文艺复兴的先声。

邳特阿克（Petrarch，1304—1374）[2]除从事著作之外，也搜罗拉丁文艺的稿本，作直接的研究，不象从前那样从译文或从书中引用之语零碎的得到古代知识了。到了一四五五年，东罗马帝国都城失陷，学士纷纷西来，带着希腊文艺稿本，意大利便成了唯一的希腊文明的承受者。在米兰开始有古代希腊著作的印行，于是希腊原文的书籍便传遍了欧洲。人们也开始学习希腊言语，以便研究希腊文艺。所谓文艺复兴便是希腊精神的复活。此时人们开始抬起头来，看这光华灿烂的世界，不复

---

① 维吉尔（前70—前19），古罗马大诗人，著有长诗《牧歌》《埃涅阿斯纪》等。

② 彼得拉克，意大利诗人，代表作十四行体抒情诗集《歌集》；曾提出以"人的思想"代替"神的思想"，被称为"人文主义之父"。

埋在中古的坟墓中了。意大利开端，继之以法英各国。法国的阿毕累（Rabelais）[1]教给世人只有幽默与笑能使世界清洁与安全。孟特因（Montaigne）[2]便说："噢，上帝，你如愿意，你可以救我；你如愿意，你可以毁灭我；但无论如何，我将永远把直了我的舵。"这是文艺复兴的精神。在西班牙，司万提（Cervantes）[3]把中古的武士主义送了终。

文艺复兴是与宗教革命互相为用的。文艺复兴是打倒中古的来世主义，而恢复了古希腊的现世主义。在宗教上呢，人们也开始打倒教皇的威权，而自己去研究《圣经》，以自己的良心去信仰上帝。但是，关于这一层我们不要多说，还是说文艺复兴后新古典主义怎样的成立吧。

前面已经说过，希腊古代作品本来是以平衡，有秩序，有节制，为美的表现。一旦这些作品被人们发现，那就是说，这埋了千来年的宝物经文艺复兴的运动者所发现；自然他们首先注意这形式之美；于是由崇拜而迷信，以为文艺的形式与规则全被古人发现净尽，只要随着这些规则走便不会发生

---

[1] 拉伯雷（1495—1553），法国文艺复兴的巨匠，代表作《巨人传》。

[2] 蒙田（1533—1592），法国作家，Essay的首创者。其思想随笔影响深远。

[3] 塞万提斯（1547—1616），西班牙伟大的作家，代表作《堂吉诃德》用喜剧手法写一个悲剧人物，享誉世界。

错误的。因此，亚里士多德与郝瑞司的诗学又成了金科玉律。从而"三一律"、"自然的规则化"等名词都成了极要紧的口号。"避免极端；躲着那些好太少或太多的弊病"，是他们的态度。不错，避免极端是显然可以由古代作品中看得出的，但那是由于希腊民性如此，前面已经说过。本着自家的特色来表现，纵有缺欠，不失创造的本色。现在新古典主义者本不生在希腊，没有古代的环境，没有地中海岸上的温美，而生要拿希腊的形式之美为标准，怎能得其神髓呢？怪不得他们只就规则上注意，专注意怎样用字用典，而不敢充分的表现自己了。这样，文艺复兴一方面解放了欧洲的思想，一方面又在文艺上自己加上一套新刑具。故古典主义的好处是发现了古代文艺的规则，它的错误是迷信这些规则而限制住文学的自由发展。

果桑（Victor Cousin）[1]说：

> 形式不能只是形式，它必是一个东西的形式。所以体物的美是内部的美的标记，即精神的与道德的美，在这里我们找到了美的基础，主旨，与全体。

---

[1] 维克多·库辛（1792—1867），法国思想家。

古代作品是美的，毫无疑义，但是新古典派的忘却自己而专摹古代作品的形式，便是失了自我；假如古代作品是静美的，新古典派的便是呆死的了。

> 噢，梭格拉底……人当有怎样说不出来的福气，假如他能去思省绝对的美，纯洁而简单，不复披覆着肉与人的色彩与必毁灭的不实在的装饰，而是面对面的看见美的真形，那神圣的美。（*Symposium*）[1]

这是古希腊人的美之理想，虽然未能——也不能——实现，但是借此颇可以看出古希腊艺术所表现的是什么。拿这个与新古典主义的："那些个规条，是古人发现的，不是传授来的，还是自然，不过是自然而方法化了。"（Pope）[2]两相比较，这二者的距离就相差很远了。

浪漫主义：给浪漫主义下个简单的定义是很不容易的。从

---

[1] 柏拉图对话录《会饮篇》。
[2] 蒲伯（1688—1744），英国古典主义大诗人。本书还写作剖蒲。

Romance这个字看，它是在黑暗世纪以前和以后一种文章曾用这种言语写成的。从它的材料上的来源看，它是北方新兴民族的以散文或诗写成的故事，经过文艺复兴而成为后代小说与史诗的本源。这新兴民族的故事与古代的在形式上、内容上都有不同。北方民族从古代作品得了文字文法的训练，开始作自家的故事。故事的内容是基督教的圣僧事迹，北方民族的伟人传说，和从红十字军东征带回来的东方故事。这些故事虽不同，可是都带着基督教色彩，叫我们看到武士的尊崇妇女，保护老弱，仗义冒险，以尽宗教武士的天职。基督教本来是隐身奉主，弃世养心的，到了这些武士身上便变为以刀马护教，发扬侠烈的精神；这种精神在沙力曼大帝①及阿撒王②手下的武士故事中都充分的表现着。从政治方面看，由这些故事中我们见到封建制度的色彩，故事中总是叙述着贵族儿女的恋爱，或贵族与平民间的冲突。在民族性上看，我们看出北方民族的勇于冒险：杀龙降怪以解民困，跋山渡海以张武功。这是内容方面。从形式看呢？古代作品以方法为重，浪漫的故事以力量为主。前者以趣味合一为本，后者以趣味复杂为事。一是求规律

---

① 查理大帝（约742—814），法国国王，后来被加冕为"罗马人的皇帝"，他在征战中推广基督教。

② 亚瑟王（King Arthur），英格兰传说中的国王，圆桌骑士的首领。

之美，一是舍规律而爱新奇、热情。古典派的作品纵有热情也用方法拘束住，浪漫故事便任其狂驰而不大管形式的静美了。

但是，这只是浪漫故事的特色，并没有标树学说，直接与古典主义宣战，象"破坏古典主义主要效果之一，便是解放个人。使个人反于本来面目及自由，正如古代诡辩派之言：以个人做万物的尺度"（Brunetiere，依谢六逸译文）[①]，还要等一个号炮；放这号炮的便是卢梭。

卢梭（Rousseau，1712—1778）的思想态度与成功，可以说是浪漫主义运动的先锋。他并不是单向文艺挑战，而是和社会的一切过不去。他要的是个人的自由权，不只是艺术的解放。他的风格给法国文艺创了一个新体，自由，感动，浪漫。他向一切挑战：政治，宗教，法律，习俗都要改革。这样的一个理智的彗星，就引起法国的大革命，同时开始文学的浪漫运动，可谓一举两得。有了这个号炮，德国的青年文士首先抓住那北方的民间故事与传说，来代替古典文艺中的神话。他们对卢梭与莎士比亚有同样的狂热，同时讥笑法国的新古典派。这样，那中古浪漫故事开始有了学说的辅翼，成了一种运动，直接与新古典主义交战。这新兴义之是"狂飙突

---

① 布伦蒂埃（1849—1906），法国评论家。

文学概论讲义

起"，充分的表现情感而破坏一切成法。后来法国英国的文士也同样的由新古典主义的势力解放出来，于是在十九世纪西欧的文艺便灿烂起来。

设若新古典主义的缺点在偏重形式之美，而缺乏自我的精力，浪漫主义又太重自我，而失之夸大无当。卢梭的极端自由，是不能不走入"返于自然"的；但完全返于自然，则个人的自由是充分了，同时人群与兽类的群居有何不同呢？这个充分的自由，其弊病已见之于法国的大革命——为争自由使人的兽性毕露，而酿成惨杀主义与恐怖时代。在文艺里也如是，个人充分的表现，至于故作惊奇，以引起浮浅的感情。这个弊病在浪漫运动初期已显露出来，及至这个运动成功了，人们便专在结构惊奇上用力，充其极便成了无聊的侦探小说，只凭穿插热闹引人入胜，而实无高尚的主旨与深刻的情感。再说，因为浪漫，作品的内容一定要新奇不凡，于是英雄美人成了必要的角色；这在一方面足以满足人们的好奇心与想象，但在另一方面，文艺渐渐成为茶余酒后的消遣品，忘了真的社会；于是便不能不让位给写实派了。

严格的说，古典主义与浪漫主义不是绝对的对立；在这里，"倾向"又能帮助我们了。古典主义是注意生命的旁观，而浪漫主义运动是把艺术的中心移到个人的特点上去；两相比较，便看出这是心理倾向的结果。这新运动是心理的变动；若是纯以文艺作品比较是很容易使人迷惑的。在英国的伊丽莎白时代的戏剧显然的是极浪漫的，为什么浪漫运动必归之于十九世纪的开始呢？这里有个分别，十九世纪的浪漫运动纵与伊丽莎白时代的相同，但不是一回事。十九世纪的新运动有法国的大革命作背景，这个革命是空前的事实。于此我们看到个人思想的解放。再就文艺内容说，新古典主义的作品与伊丽莎白时代的作品好用希腊拉丁的典故，浪漫派的作品的取材也是取之过去时代的，这岂不是一样的好古吗？这里又有不同之点：浪漫派的特点之一是富于想象，他们取材于过去，正是因为他们发现了中古的故事——那惊奇玄妙的故事——而以想象使这些惊奇的精神复活。他们不是只得一些呆死的典故，而是发现了一个奇异的世界，在那里他们可以自由的运用他的想象。这又是个心理的作用。

这样，我们明白了古典主义的所以有那调和匀静之美，与浪漫主义的所以舍去形式而求自我的表现——二者都是心理的不同，因而表现的也不同。至于新古典主义的所以既不能象古代希腊的古典作品那样美好，又不能象浪漫作品这样活泼有生趣，便是因为作者缺乏了这表现心神向往的精神，摹拟是不要多少创造力的。

第十一讲　文学的倾向（下）

　　写实主义：十九世纪的中叶，世界又改变了样子：政治上，中等阶级代替了贵族执有政权。学问上，科学成了解决宇宙之谜的总钥匙。社会上，资本家与劳动者成了仇敌。宗教上，旧的势力已消失殆尽，新的信仰也没有成立。惊人的学说日有所闻，新的发明日进一日；今天有所发明，明日便有许多失业的工人。这个世界人人在惊疑变动之中，正如左拉的僧人弗劳孟①对宗教、科学、哲学、道德、正义，都起了疑惑，而不知所从。这样的人一睁眼便看到了社会，那只供人消遣的文艺不足以再满足他们。他们生在社会上，他们便要解决社会问题，至少也要写社会的实况。他们的社会不复是几个

---

　　① 左拉（1840—1902），法国大作家，主张从生物学规律描写人，代表作"卢贡—马卡尔家族"等。沸洛蒙是他"城市三部曲"（《卢尔特》《罗马》《巴黎》）的主人公。本书又写作佐拉。

人操持一切，不复是僧侣握着人们的灵魂。

在浪漫主义兴起的时候，人们得到了解放的学说与求自由的启示，并不知道这个新的思潮将有什么结果。到了现在，政治虽然改革了，而自由还是没有充分的实现，浪漫派的运动者得有自由的启示，用想象充分表现自我；现在，这个梦境过去了，人们开始看现实与社会。他们所看到的有美也有丑，有明也有暗，有道德也有兽欲。这丑的暗的与兽欲也正是应该注意的，应该解决的。那选择自然之中美点而使自然更美的说法已不能满足他们。他们看见了缺欠，不是用美来掩饰住它，而以这缺欠为最值得写的一点。他们至小的志愿是要写点当代的实况。那完美无疵的美人，那勇武俊美的青年贵族，不能再使他们感觉兴趣。他们所要的不是谁与谁发生恋爱和怎样的相爱，而是为什么男女必定相求，这里便不是恋爱神圣了，而是性的丑恶也显露出来。他们不问谁代替了谁执了政权，而问为什么要这样的政治。这是科学万能时代的态度。这一派的主要人物是法国的巴尔扎克（Balzac，1779—1850）与福禄贝（Flaubert，1821—1880）等。

巴尔扎克创立写实主义，他最注重的是真实，他的作品便取材于日常生活及普通的情感。他的人物是——与浪漫作品不时——现代的男女活动于现代的世界，他的天才叫他描写不美与恶劣的人物事实比好的与鲜明的更为得力。福禄贝是个大写实者，同时也是个浪漫的写家，但是，他的写实作品影响于法国的文艺极大，他的《包娃荔夫人》（*Madame Bovary*）是写实的杰作，佐拉（Zola）、都德（Daudet）、莫泊桑（Maupassant）等都是他的信徒。他们这些人的作品都毫无顾忌的写实，写日常的生活，不替贵族伟人吹嘘；写社会的罪恶，不论怎样的黑暗丑恶。我们在他们的作品中看出，人们好象机器，受着命运支配，无论怎样也逃不出那天然律。他们的好人与恶人不是一种代表人物，而是真的人；那就是说，好人也有坏处，坏人也有好处，正如杜思妥亦夫斯基（Dostoevsky）说："大概的说，就是坏人也比我们所设想的直爽而简单的多。"（*The Brothers Karamazoff*）① 这种以深刻的观察而依实描写，英国的写家虽然有意于此，但终不免浪漫的气习，象迭更斯那样的天才与经验，终不免用想象破坏了真实。真能写实的，要属于俄国十九世纪的那些大写家了。

---

① 陀斯妥耶夫斯基（1821—1881），伟大的俄罗斯作家，代表作《穷人》《死屋手记》《地下室手记》《罪与罚》《白痴》《群魔》等。《卡拉玛佐夫兄弟》是他最后的绝唱，探讨人与上帝的关系，非常深刻，被有的评论家认为是人类有史以来最伟大的小说之一。

写实主义的好处是抛开幻想，而直接的看社会。这也是时代精神的鼓动，叫为艺术而艺术改成为生命而艺术。这样，在内容上它比浪漫主义更亲切，更接近生命。在文艺上它是更需要天才与深刻观察的，因为它是大胆的揭破黑暗，不求以甜蜜的材料引人入胜，从而它必须有极大的描写力量才足以使人信服。同时，它的缺点也就在用力过猛，而破坏了调和之美。

本内特（Arnold Bennett）①评论屠格涅夫（Tourgenieff）与杜思妥亦夫斯基说："屠格涅夫是个伟大艺术家，也是个完全的艺术家。"对于杜思妥亦夫斯基：

> 在 The Brothers Karamazoff 开首，写那老僧人的一幕，他用了最高美的英雄的态度。在英国与法国的散文文艺中没有能与它比较的。我实在不是夸大其词！在杜思妥亦夫斯基之外，俄国文艺中也没有与它相等的。据我看，它只能与《罪恶与惩罚》中的醉翁在酒店述说他的女儿的羞辱相比。这两节是独立无匹的。它们达到了小说家所能及的最

---

① 阿诺德·本涅特（1867—1931），英国作家、批评家，善于在平淡的生活中寻找诗意。其《书与人：过去时期的评论1908—1911》发表于1917年。

高与最可怕的感情。假如写家的名誉在爱美的人们中专凭他的片断的成功，杜思妥亦夫斯基便可以压倒一切写家，假如不是一切诗人。但是不然。杜思妥亦夫斯基的作品——一切作品——都有大毛病。它们最大的毛病是不完全，这个毛病是屠格涅夫与福禄贝所避免的。（*Books and Persons*）

是的，写实派的写家热心于社会往往忘了他是个艺术家。古典主义的作品是无处忘了美，浪漫主义的往往因好奇而破坏了美，写实主义的是常因求实而不顾形式。况且，写实家要处处真实，因而往往故意的搜求人类的丑恶；他的目的在给人一个完整的图画，可是他失败了，因为他只写了黑暗那方面。我们在佐拉的作品便可看到，他的人物是坏人，强盗，妓女，醉汉，等等；而没有一个伟大的人与高尚的灵魂，没有一件可喜的事，这是实在的情形吗？还有一层，专看社会，社会既是不完善的，作家便不由的想改造；既想改造，便很容易由冷酷的写真，走入改造的宣传与训诲。这样，作者便由客观的描写改为主观的鼓吹，因而浮浅的感情与哲学挽入作品之中，而失了深刻的感动力，这是很不上算的事。能完全写实而不用刺激的方法，没有一笔离开真实，没有一笔是夸大的，真是不容易的事；俄国的柴霍甫（Tchehkoff）①似乎已做到这一步，但是，他就算绝对的写实家吗？他的态度，据本内特看，是："我看生命是好的。我不要改变它。我将它照样写下来。"但是，有几个写实家这么驯顺呢？

严格的说，完全写实是做不到的事。写实家之所以成为写实家，因他能有深刻的观察，与革命的理想，他才能才敢写实；这需要极伟大的天才与思想；有些小才干的便能写个浪漫的故事；象俄国那几个大写实家是全世界上有数的人物。既然写实家必须有天才与思想，他的天才与思想便往往使他飞入浪漫的境界中，使他由客观的变为主观的。杜思妥亦夫斯基的杰作《罪恶与惩罚》，是写实的，但处处故作惊人之笔，使人得到似读侦探小说的刺激。而且这本书中的人物——在 *The Brothers Karamazoff* 中亦然——有几个是很有诗意的；他的人物所负的使命，他们自己未必这样明了，而是在他的心目中如此，因为他是极有思想的人，他们便是他的思想的代表者与化身。创造者给他的人物以灵魂与生力，这灵魂与生力多是理想的。反过来说，浪漫派的作品也

---

① 契诃夫（1860—1904），俄国大作家，"世界短篇小说之王"，又兼擅戏剧。他说，"天才的姊妹是简练"。

要基于真实，因为没有真实便不能使人信服，感动。那么，就是说浪漫与写实的分别只是程度上的，不是种类上的，也无所不可吧。Lafcadio Hearn（小泉八云）说："自然派是死了；只有佐拉还活着，他活着因为他个人的天才——并不是'自然'的。"（*Life and Literature*）[1] 这是很有见识与趣味的话。

写实作品还有一个危险，就是专求写真而忽略了文艺的永久性。凡伟大的艺术品是不易被时间杀死的。写实作品呢，目的在写当时社会的真象，但是时代变了，这些当时以为最有趣的事与最新的思想便成了陈死物，不再惹人注意。在这一点上，写实作品——假如专靠写实——反不如浪漫作品的生命那样久远了，因为想象与热情总是比琐屑事实更有感动力。小泉八云说："佐拉的名望，在一八七五与一八九五年之间最为显赫，但现在已经残败了……这个低落是在情理中的，因为他所表现的事与用语的大部分已成了历史的。法国在第二帝国的政治黑暗已与我们无关；自然科学也不复为神圣的；遗传

---

① 小泉八云（1850—1904），原名拉夫卡迪奥·赫恩，父亲是爱尔兰人，母亲是希腊人，生于希腊，学于爱尔兰和英国，19岁赴美谋生，40多岁后赴日本寻求创作灵感，后来加入日籍，终老日本。他精通多国语言，学识渊博，在东西方文化交流中卓有贡献。《生活与文学》是由他的学生整理的其文学讲义，1917年出版。

律也不象他所想象的那样不能克服了；社会的罪恶也不是那样黑暗，他所以为罪恶的也不尽是罪恶；他所想的救济方法也不见得真那么有效……"（*European Literature in the Nineteenth Century*）在这里，我们得到了一个警告。

对于写实主义的攻击，我们再引几句话：

　　这个自然主义的运动，在浪漫主义稍微走到极端，它的脚跟逐渐将离开地上去，猛然抬起头来了……这个运动，无妨说是将近代的内部生活，由一个极端转移到一个极端的。即是从溺惑个性，转向拜倒环境的……这种倾向也有短处。第一是：自然主义所主张的纯客观的立场，这是人所做不到的事……那里无论如何会生出不容其有地质学者对于一个岩石所能持的态度似的客观态度的。研究社会的现象时，固可以说易为（例如社会学，法理学，政治学之类），可是一旦向其锋尖于一个人的心的动作时，第一，对象就成了非常特殊的东西，所以就要生出难点。这么一来，和前面所说的自然科学的根本方针，就不得不弄出矛盾来了。象福禄贝和莫泊桑，都是被视为自然主义文学者的巨头的人，但是拿起两者的作品来一看，也许任何人都能够分别彼此各人所带的味儿似的东西吧。可以看出十分的差异，叫你想到：若将莫泊桑所表现的，给福禄贝去表现，也许不那么表现吧！……其次，自然主义的第二短处是：（上面也稍微提过似的）把人的生活断定为宿命的，视人的生活为一个现象（固然实际上在某种意思，不错是这样），而犹之乎别的现象，一切尽皆依自然律存在着，人也跑不出那支配万有的自然律——这样断定。自然主义却在这里丢失了一件重要的事，那是什么呢？就是：人类。和别种人生不同，发达着所谓自觉的特殊机能……人类依靠这个机能，不但意识自己的存在，并且会自觉。即，除了知道自己的存在是由环境的诸条件成立着外，还知道是由什么一种内部的要求成立着。恐怕特地显著地出现于人类的所谓自觉机能，是把人类区别自其他的生物，而使一跃而立于地球上一切存在的最高位的吧。这种见解，则从科学的说，也是可以成立的……"（有岛武郎《生活与文艺》，张我军译）[1]

这一段话是以生命为对象的，我们再就艺术上说。艺术是创作的，假如完全抄写自然而一点差别没有，那与蜡制的模型

---

[1] 有岛武郎（1878—1923），日本人道主义作家，白桦派文学代表。

有什么分别呢？在蜡人身上找不到生命，因而我们看得出它是假的，虽然在一切外表上是很齐全的。那么，假如艺术家的作品只是抄写，艺术还有什么可谈的价值呢！

在这个科学万能时代，批评家也自然免不了应用科学原理来批评文艺，象法国的泰纳便是一个。泰纳（Taine，1828—1893）①以为批评家是个科学家而具有艺术目的者。他以为文艺是环境、民族及时代的产物。他批评一家的作品，必须先知道作家个人；得到了这个"人"，才好明白了他的作品；因人是社会的。对于这科学方法的批评，我们引道顿（E.Dowden）②几句话证明它是否健全：

> 世上没有纯粹的种族，至少没有纯粹种族能成一民族，建造一文明国家，产生文艺与艺术。而且如泰纳所说，一民族的心智的特性能代代遗传不变，也是不确的话。遗传势力之影响于个人品性极为渺茫不定；我们可以承认他为一种假定，但在文学之历史的研究，这是不行的假定，只能发生纠纷，引入迷途。至于环境，我们也可以

---

① 泰纳，又译作丹纳，法国艺术评论家，傅雷译有其《艺术哲学》。
② 道顿（1843—1913），爱尔兰文学评论家。其《法国文评》被收入林语堂辑译的《新的文评》，北新书局1930年版。

承认他的影响极其显而易见，但是这种游移不定的影响能否作科学研究的对象？艺术家能随意脱离环境，自己造出与品性相合的小环境；或者他会顽抗起来，对于社会环境，生出反抗。不然，何以解释同一时期可以有极不同极相反的作家？Pascal[1]与Saint Simon[2]岂不是在同时同地完全发展他们的天才？Aristophanes[3]与Euriepides[4]岂不是这样么？其实，一种艺术或文学愈昌明，环境的影响也愈减退。人已学会适应环境使与自己相合，而保存他个人的气力；在一般发达的社会，各种各样的人都能找到与他需要嗜好相宜的居住所及社会。而且，生活滋长的原则也不尽在适应环境；生活也是"一种反抗，摆脱，或者说一种自卫的适应，与外来的势力相抵抗"；岁月愈久，自卫的机制也愈精巧、复杂而愈成功。泰纳所举各种势力自然存在而发生效力，但是他的作用极隐晦而不定。（《法国文评》，林语堂译）

---

[1] 帕斯卡尔（1623—1662），法国科学家、思想家。
[2] 圣西门（1760—1825），法国思想家，参加过美国独立战争和法国大革命，代表作《新基督教》。
[3] 阿里斯托芬。
[4] 欧里庇得斯。

写实主义既有缺欠，而科学万能之说，又渐次失去势力，于是文学的倾向又不能不转移了。

但是，在这里我们应说明写实主义与自然主义的分别，因为前面因引用书籍，把这两个名词似乎嫌用得乱一些。

这两个名词的意义本来没有多少分别，所以一般人也就往往随便的用。不过佐拉在说明他的作品主旨时揭出"自然主义"这个词，并且陈说他是要以遗传和境遇的研究，用科学方法叙述那所以然的原因。自然主义是决定主义，不准有一点自写家而来的穿插，一切穿插是事实的必然的结果。Fielding① 与 Dickens② 的作品有与自然主义相合之处，但是他们往往以自己的感情而把故事的结局的悲惨或喜悦改变了，这在自然主义者看是不真实的。自然主义作品的结局是由自然给决定的，是不可幸免的。在今日看，天然律并不这样严密，自然主义也就失去了力量。

---

① 菲尔丁（1707—1751），英国伟大的小说家，代表作《弃儿汤姆·琼斯史》。
② 狄更斯（1812—1870），英国伟大的小说家，代表作《圣诞颂歌》《大卫·科波菲尔》《双城记》等。

新浪漫主义：我们略把新浪漫主义的特点写几句：

一、从历史上看，新浪漫主义是经写实主义浸洗过的。它既是发生在写实主义衰败之后，不由它不存留着写实主义一些未死的精神。浪漫主义的缺点是因充分自我而往往为夸大的表现。新浪漫主义对于此点是会矫正的，它要表现个人，同时也能顾及实在。

二、从哲学上看，近代对于直觉的解说足以打倒以科学解决的论调。主直觉的以为内心的领悟与进展也是促人类进步的势力之一。这并不与科学背驰，而且还能把物质与心智打成一气。在哲学上有了这样的论调，文学自然会感到专凭客观的缺欠，而掉回头来运用心灵。有的呢便想打倒科学，完全唯心，因而走入神秘主义。

三、新心理学的影响：近代变态心理与性欲心理的研究，似乎已有拿心理解决人生之谜的野心。性欲的压迫几乎成为人生苦痛之源，下意识所藏的伤痕正是叫人们行止失常的动力。拿这个来解释文艺作品，自然有时是很可笑的，特别是当以文艺作品为作者性欲表现的时候；但是这个说法，既科学而又浪漫，确足引起欣赏，文人自然会拾起这件宝贝，来揭破人类心中的隐痛。

浪漫主义作品中，差不多是以行动为材料，借行动来表现人格，所以不由的便写成冠冕堂皇或绮彩细腻；但是他们不肯把人心所藏的污浊与兽性直说出来。写实主义敢大胆的揭破丑陋，但是没有这新心理学帮忙，说得究竟未能到家。那么，难怪这新浪漫主义者惊喜若狂的利用这新的发现了。他们利用这个，能写得比浪漫作品更浪漫，因为那浪漫主义者须取材于过去，以使人脱离现在，而另入一个玄美的世界；新浪漫主义便直接在人心中可取到无限错综奇怪的材料，"心"便是个浪漫世界！同时，他们能比写实主义还实在，因为他们是依具科学根据的刀剪，去解剖人的心灵。但是，他们的超越往往毁坏了他们的作品的调和之美；他们能充分的浪漫，也能充分的写实，这两极端的试探往往不是艺术家所能降服的。

四、对科学的态度：科学太有系统，太整齐了，太一致了；在这处处利用科学的社会里，事事也渐呈一致的现象，凡事是定形的，不许有任何变换。这种生活不是文人所能忍受的，于是他们反抗了，他们要走到另一端去。他们的作品是想起什么便写什么，是心潮涨落之痕，不叫什么结构章法管束着。这是反抗科学的整齐一致的表示。他们对文艺的态度多是表现印象，而印象之来是没有什么秩序的。他们也喊着心灵的解放与自由，有的甚至想复古，因为古代社会纵有缺点，可是并不象现代这样死板无生气。乔治·莫尔这样的喊："还我古代，连它的惨忍与奴隶制度一齐来！"（George Moore, *The Confession of a young man*）①

五、对社会的态度：写实派的作者是要看社会，写问题，有时也要解决问题。这新浪漫主义产生的时代，正是科学万能已经失去威权的时代，那写实派所信为足以救世的办法，并不完全灵验。加以社会的变动极快，今日以为是者，明日以为非，人们对道德、宗教、政治，全视为不可靠的东西。欧洲大战更足以促成这颓丧的心理。于是文士们一方面不再想解决问题，因为没法解决；一方面又不能不找出些东西来解释生命。这点东西自然不是科学所能供给的，也不是宗教道德中所能得来的；它是些超乎一切，有些神秘性的；新浪漫主义可以说是找寻这些不可知的东西。

象征主义：从"象征"这个字看，它是文艺中一种修辞似的东西，在诗与散文中常常见到。它是用标号表现出对于事物的觉得。这样的写法是有诗意的，因为拿具体的景象带出实

---

① 乔治·摩尔（1852—1933），爱尔兰小说家、诗人。在英国首倡文学自然主义和绘画印象主义，代表作《致敬与告别》，他对乔伊斯有很大影响。《一个青年的自白》是他1888年出版的自传式小说。

物，是使读者的感情要渗透过两层的。但是，这是在古今诗文中常常见到的却不是象征主义。

要明白象征主义，必须看明新浪漫主义是什么。新浪漫主义有一方面是带有神秘性的，是求知那不可知的；这个神秘性的发展便成为象征主义，因神秘与象征是分不开的。这个由求知那个不可知的东西而走入神秘，不仅是文艺的一个修辞法，而且是一种心智的倾向。这个倾向是以某人某记号象征某事，不是象《天路历程》①那种寓言，因为这些都是指定一些标号，使人看出它们背后的含义，这不是什么难做的事。现在的象征主义不是一种幻想，不是一种寓言：它是一种心觉，把这种心觉写画出来。这种心觉似乎觉到一种伟大的无限的神秘的东西；在这个心觉中，心与物似乎联成一气，而心会给物思想，物也会给心思想。在这种心境之下，音乐也可以有颜色，而颜色也可以有音调。有这种的心觉，才能写出极有情调的作品。这极有情调的作品是与心与物的神秘的联合，而不只是隐示——隐示只是说明象征，不能说明象征主义的全体。

至于神秘主义，在浪漫派与象征主义作品中往往看到神秘

---

① 约翰·班扬（1628—1688），英国虔敬的基督徒作家，监狱中完成的《天路历程》流传极广，在西方家喻户晓，仅次于《圣经》。

的倾向。在浪漫派作品中神秘足以增加它的奇诡，在象征主义作品中神秘有时候是一种动机；神秘主义自身并不成一种很大的文学倾向。

唯美主义：唯美运动是依顺浪漫主义而特别注意在美的一方面。十九世纪初的浪漫运动已把"求美"列为文艺重要条件之一，奇次（Keats）[①]已有"美是永久的欣悦"，和"美即真，真即美"的话。这对美的注意，经过先拉非尔派（PreRaphaelites）[②]画家的鼓吹（这些画家有的也是大文学家，如罗色蒂〔Rossetti〕就是最著名的），在文艺上也成了一派。看唯美派，在文艺的表现上，不如在文艺的内容思想上，更为有趣，因为他们的思想与人生全沉醉于美的追求，就是在社会改革上也忘不了美的建设，象莫理司（W.Morris）在理想的社会中非常注意建筑之美（看他的

---

① 济慈（1795—1821），英国浪漫主义大诗人，其名作《夜莺歌》《希腊古瓮颂》《秋颂》等誉满世界文坛。

② 前拉斐尔派，1848年开始的一个艺术团体，主张回到15世纪意大利文艺复兴时期，着重细节、运用强烈色彩的画风。成就最高的是约翰·米莱斯（1828—1896），以画风细腻、格调感伤著称；其成员但丁·罗塞蒂（1828—1882），是极有个性的画家兼诗人。

News from No where）①。到了丕特（Walter Pater）②便开始提倡审美的批评，他是把美和生命联成了一气。在他论华兹华斯（Wordsworth）的文章里说："用艺术的精神对待生命，则能使生命之法程与归宿结合而为一。"这足以表明他们的对人生的态度及美的功用；他们不只是在文艺上表现美，而是要象古代希腊人的生在美的空气中。但是，这个世界不能美好，因为太机械了，所以这唯美派的人们要把文艺作成纯美的，不受机械压制的；文艺不是为教训，而是使人的思想能暂时离开机械的生活。这种追求美好的精神很容易走到享乐主义上去，王尔德（Oscar Wilde）便是个好证据。据他看，艺术家的生命观是唯一的，清教徒是有趣的，因为他们的服装有趣，并不是因为他们的信仰怎样。这样的生命观，是不能不以享乐为主。因此，他们便把社会视为怪物，而往往受着压迫。在文艺上，因为他的人生态度是如此，也就主张为艺术而艺术，而嫌与现实的生活相距太远了。

---

① 威廉·莫里斯（1834—1896），英国诗人、设计师，前拉斐尔派重要成员，《乌有乡消息》是他的长篇政治幻想小说。

② 沃尔特·佩特（1839—1894），英国文艺批评家，提倡"为艺术而艺术"的代表人物。代表作《享乐主义者马利乌斯》《柏拉图和柏拉图主义》等。

理想主义：这在文艺上根本不成立，因为无论是在古典派、浪漫派、写实派、唯美派，都不能没有理想；除了写侦探小说的大概是满意现代，不问事的对不对，只描写事的因果，几乎没有文艺作品是满意于目前一切的。乌托邦的写实者自然是具体的表示：对现世不满，而想另建理想国；但是那浪漫派的与唯美派的作品又何尝不是想脱离现代呢？所以，这个主义便不能成立（在文艺上），或者说它在文艺上太重要了，短了它文艺便不能成立，所以不应使它另成一个主义。我们且引几句话作证：

> 有人说，文艺的社会使命有两方面。其一是那时代和社会的诚实的反映，别一方面是对于那未来的预言底使命。前者大抵是现实主义的作品，后者是理想主义或罗曼主义的作品。但是从我的《创作论》的立脚地说，则这样的区别几乎不足以成问题。文艺只要能够对于那时代那社会尽量地极深地穿掘进去，描写出来，连潜伏在时代意识社会意识里的无意识心理都把握住，则这里自然会暗示着对于未来的要求和欲望。离了现在，未来是不存在的。如果能描写现在，深深的彻到仁核，达到了常人凡俗的目所不及的深处，这同时也就是对于未来的大启示、的预

言……我想，倘说单写现实，然而不尽他过于未来的预言底使命的作品，毕竟是证明这作品为艺术品是并不伟大的，也未必是过分的话。（厨川白村《苦闷的象征》，鲁迅译）

这很足以说明理想的重要，也暗示着理想不必成为理想主义，而是应在一切文艺之中；那么，我们无须再加什么多余的解释了。

这两讲是抱定不只说派别的历史，而是以文艺倾向的思想背景，来说明文学主义上的变迁的所以然。这样，我们可以明白文艺是有机的，是社会时代的命脉，因而它必不能停止生长发展。设若我们抱定了派别的口号，而去从事摹拟，那就是错认了文学，足以使文学死亡的。

普罗文学的鼓吹是今日文艺的一大思潮，但是它的理论的好坏，因为是发现在今日，很难以公平的判断，所以这里不便讲它。我们现在已觉到一些新的风向，我们应当注意；这个风到底能把文艺吹到何处去，我们还无从预告。

第十二讲　文学的批评

所谓文学批评者，就是文学讨论它自身。普通的人读书，只说我爱这本书，不爱那本书，为什么呢？因为这本书对我是有趣的，那本书没有趣。但是，为什么有趣呢？普通的人便不深究了。另有一些人，他们不但是读书，而且要真明白它；于是他们便要找出个主旨来，用以说明他们为什么爱这本书，不爱那本书。这样，研究文学的人也必须是文学批评者，他不只说我爱这本书，而且也要问：为什么它可爱？它是应当可爱吗？为回答这个问题，他必须从许多文学作品中，找出个主旨来，好帮助他批评某个文艺作品——文学批评便于此形成了。

文学批评有许多种，我们为省事起见，就用莫尔顿（R.G.Moulton）的方法，把文学批评分为四大类——理论的批评、归纳的批评、判断的批评，与主观的批评。在我们说明这四类以前，应当对中国的文艺批评家，如刘勰、袁枚等致歉，因为他们的批评理论虽有相当的价值，但是没有多少人去应和他们。所以在中国，文学批评并没有在文学中成为很显明的一枝，对于批评这个词也没有确切的说明。因此，我们还是用西洋的理论较为清晰。现在我们依次说明这四大类：

一、**理论的批评**：理论的批评好似文学中的哲学，它是讲文学原理的。在最初的两个批评家——柏拉图和亚里士多德——便有显然相反的学说，因为他们对文学的基本原理的假设是不同的。柏拉图是以文学应为哲学的，他把哲理放在文学以上。亚里士多德是以文学为艺术的，他把文学的怎样表现放在真理以上。在柏拉图的《理想国》第十卷里，梭格拉底说：

> 以诗表现的艺术对于听者是极有害的……自我幼时，我对荷马即极敬爱，至今犹不愿畅所欲言，因为他是那美的悲剧作者们的大首领与教师；但是，我还得说出来，因为人不应受超过真理的尊崇。

梭格拉底开始证明艺术是摹仿，离真理甚远，因此他问："哥老肯，你想一想，假如荷马真能教训与改善人类——假如他有真识而不只是个摹仿者——你能想到，我说，他能没有许多门徒，而被他们尊爱吗？"这样，他证明荷马不是个人类的大师，因为他不明真理。因他不明真理，所以他描写些不应当说给人们听的东西；有这样的诗人是国家的不幸，而应当驱逐出境的！这里，我们看出来柏拉图是要使文学家成为哲学家，而文艺的构成必依着理想国的理想。

亚里士多德便不这样了。他说，历史与诗的分别：

> 一个是叙说已过去的事实，一个是叙说或者有过的事实。所以诗比历史是更哲学的，更超越的。因为诗是要说普遍的，历史是特别的。（《诗学》九章）

这里，我们看见正与柏拉图相反的论调。他们的不同是：

> 柏拉图是个理想者，他的批评是在以研究人生所得的原理来考验文学与艺术。亚里士多德是个实际者，他的批评是立于他面前所有的文学材料的考虑上。柏拉图以为艺术与文学之产生，以批评的目的看，是纯为传达哲学真理的工具。批评的意义他以为是从事于检定诗与艺术所传达的合于哲学所传达的到了什么程度……亚里士多德的批评，在另一方面，对任何伦理的动机是独立的；在他的计划之下，批评是另一种探讨。艺术，他在《伦理

学》中说，是"创造机能与理智的联合"的产品。在《诗学》里，他看到：创造机能的本源是表现的最初动力，他也指明：这样解释艺术所得的结果，一定与任何专凭理智的努力所得到的结果不同。（Worsfold, *The Principles of Criticism*）[1]

于此，我们看明这两位大圣人的批评的不同源于他们的主旨不同。后世有许多这样的批评理论，有的用心理去说明想象，而以想象说明文学，象英国的爱迪森（Addison）[2]。有的以表现所用的工具不同，由美学说到文学，象德国的莱辛（Lessing）[3]与法国的果桑（Viotor Cousin）。他们所要说明的，都是文学上的问题，如诗与别种艺术是用不同的工具表现真实，如诗与艺术是自然的经过选择、洗炼，而后成为艺术等等学说。这些学说自然未必尽善，而且有时候离开了

---

[1] W.B.沃斯福尔德（1858—1939），英国学者，所著《文学批评原理》的副名书是："文学研究导言"。

[2] 约瑟夫·艾迪生（1672—1719），英国作家，和朋友斯蒂尔创办了《Tatler》《Spectator》两个著名杂志；他和斯威夫特、笛福、蒲伯均有交情。

[3] 莱辛（1729—1781），德国启蒙思想家、剧作家。文艺批评名作包括《拉奥孔》《汉堡剧评》等。

文学概论讲义

文学，但是它们对于文学的了解极有帮助。中国所以缺乏文学批评的文艺当然不止一个原因，但是因为缺乏美学的讨论，与用心理作用说明文学的功能与构成，至少可以算一个重大的原因。

这理论的批评往往是文学革命的宣传者。这种宣传足以打倒固定的爱好，而唤起新的欣赏。文学批评自然是要先有文艺作品，而后才有寄托的；但是，只有新的文艺作品而没有理论来辅佐，革命的进展与成功是很慢的，而且有时候完全被旧的标准给压服下去。中国的词、小说，与戏曲的发展，都是文艺革命的产品，但是没有理论来辅助，终不能使革命完全成功。文学理论陈旧了便成了一种锁镣，限制住文艺自由的发展。但是，当它是崭新的时候，它实足以指导人们，使人们用新眼光看新作品。英国的浪漫主义运动便是很得力于华兹华斯的理论，他是主张"天才是把新分子介绍理智的宇宙"的；他的作品是新创造的，他便需要新的欣赏；新的作品与新的欣赏全要创造出来的。

二、归纳的批评：这个是从很多的材料归纳成一个批评的标准，它是要分析文学，看文学到底是什么，因观察而到解释上去。它是用科学方法来观察文学的。有的批评家这样作，只是仔细研究分析作品的内容，而不去判定价值；有的是研究作品与其环境，好与其他的作品比较，而断定它的位置。这二者都极有趣，但都容易发生错误。那细细分析内容的便是要替作品作个解释，这样很容易把作品中原来没有的东西作为解释的线索，象中古的猜测《圣经》和中国的《西游记》的评注等都是如此。还有呢，这种分析法本来是要科学的，但是批评家的思想设若比作者的聪明，他便以他自己的思想来解释作品，象中国学者的解释《诗经》——本来是男女相悦之歌，倒成了规讽的文章了。那以环境时代来解释文学的，往往太注重作者，而忽略了文学的本身。总之，这样细细分析文学总免不了太机械的毛病，因为创造机能是带些神秘性的，是整个的；除了作者自己是不容易说得周到的；这种批评往往是很聪明的，而很少是完全的；它能增高欣赏，但有时是错误的；它的目的是公道的指出文艺是什么，但是，它有时候便失了这公平的态度。

对于归纳批评的好处，我们引莫尔顿——他以归纳批评为解释的批评——几句话：

　　解释的批评是极清楚的去规定，它是与判断批评相反的。心智在检讨与解释有结果之前，不能开首就去评判；"应当怎样"的意见是检验东西的真象的一大障碍；心中有固定的爱好对于扩大的爱好是不利的；我们不能同时维持标准以反抗革新，又能留心于新文学的进行；我们不能同时使文学趋就我们的思想，又能使我们的思想趋就文学：总之，我们不能同时是判断的，又是归纳的。好象油与水，这两种批评各有价值；象油与水，这两样不能挽合……如批评，依着遗传下来的看法，是与判断相同，则文学史当是文艺胜过批评的。现代对文学的态度并不把估量与判断除外。但是它承认判断的批评必须有极自由的归纳的检查为先驱；若是，归纳的批评实为批评的基本要件。（Moulton，*The Modern Study of Literature*）

这一段话里指明：归纳批评，假如能作得好，是极公正的，没有阻止文学发展的毛病。同时也暗示出（在末一句里）：理论的批评也是由归纳的手续提出原理；那就是说，批评必基于分析观察以便解释，而后才能有文学理论的形成。

三、判断的批评：判断的批评便是批评者自居于审官的地位而给作品下的评判。要这样作，批评者必须有一个估量价值的标准。因此，在历史上，理论批评便往往变成文学的法典，批评者用这个法典去裁判一切。理论的批评原是由观察文学而提出原理，这种原理是为解释文学的，不是为指点毛病的。以亚里士多德说，他从古代希腊文艺中找出原理，是极大的贡献；他并没叫后人都从着他。假如他生在后代，所见的不只是希腊文艺，他的文学原理一定不会那样狭窄。不幸，在文艺复兴后，文士拿这一时代的原理，一种文艺的现象，作为是给一切时代、一切文艺所下的规法。于是文艺批评便只在估定价值上用力，而其范围便缩小到指点好坏与合规则与否，这是文艺批评的一个厄运。

指点毛病是很容易的事，越是没有经验的人越敢下断语，这在事实上确是如此。指点毛病必须对同情加以限制，但是，了解文学不能只以狠心的判断为手段；对文学的了解似乎应由同情起，应对它有友谊的喜爱，而后才能欣赏。自然，在文学批评中"客气"是没有必要的，因为没有坏处也显不出好处来，就是极伟大的作品也不能完全——世界上哪有一本完全的作品呢？但是，这指点毛病，就是公平，也不是批评的正轨；因为这样的批评者是以一种规法为准，而不能充分的尽批评的责任：对欣赏上，他不能由成见改为是否他自己——不管规法标准——爱某个文艺作品。对学理上，他限制住文学创作的自由。

指出判断批评的缺欠正足以证明理论的与归纳的批评之优

越。塞因司布瑞①在论新古典派与浪漫派交替时代的文学批评指出来：美学的研究与观察历史为浪漫派胜过古典派的两点。对美学的研究，他说：

> 以更宽广的更抽象的美学探讨来重新组织批评，其利益与重要是很显然的……美学普通理论之组成——对各种艺术及一种艺术的枝别的探讨无论如何偏畸，或如何奇幻——它不能不（无论如何间接的，无论怎样与本意相反）把已成的意见及理论给动摇了，有时候且打碎了。"为什么"和"为什么不"一定会不断的来找这样的研究者；已经说过两三次了，这"为什么"与"为什么不"是攻击一切成见的批评的利器……

对于历史的研究，他说：

> 文学史的研究大体的是，比较文学史的研究绝对的是，一个新东西……历史是批评的——和几乎是一切的——材料的根源。要评判必先要知道——不但必须知

---

① 圣茨伯里（Saintsbury）。

道所谓想过的、做过的、写过的之最好的（假如你不知道其余的，怎能知它是最好的），而要把那活动的变化的动物，所谓人者的所写过的、做过的、想过的全取过来，或全部的一样取一些。他的活动和他的变化还要与你耍坏招数，因你永不能知道极广；但是，你越知道广些，那错误的区域越狭窄一些。我们所知的最完善的批评作品——亚里士多德的和郎吉纳司的——其好处是由于作者对他们所见到的作品有精详的知识；其实有缺欠也不能完全是由于他们未能看见一切。（Saintsbury，*A History of English Criticism*，Interchapter IV.）

理论的批评的理论必须由归纳法而来，它的目的不是在规定法则，而是陈述研究的结果，从事于指导。归纳的批评是公平的检查，为理论的批评的基础。这二者是与时间俱进的，不是一成不变的，因为他们是要看得多，知道得广，随着历史进行的。判断的批评只是在批评史上有讲述的必要，实在不是批评应有的态度。判断的批评不接受新的作品，不看新的学说，也没有历史观，所以它是极褊狭的，而且很有碍于文学发展的。

四、主观的批评：判断的批评是指出对不对多于爱不爱，对不对是以一定的法则衡量作品的自然结果，爱不爱是个人的，不管法则标准。爱不爱是批评中的事实，而主观的批评便基于此。这种批评是以批评者为主，于是批评者成了一个作家，他的批评作品成为文艺作品。这种作品纵在批评上没有什么贡献，但是它的文字是美好的，使人不因它的内容而藐视它的文学价值。

因近代好自由的精神，这种批评颇风行一时。严格的说起来它并不是批评，而是个人借着批评来发表心中所蕴。佛朗士（Anatole France）说得很有趣：

批评，据我看，正如哲学与历史，是一种小说，借以表现精细与好奇的心智。凡小说，正确的明白了，都是自传。好的批评家是个借杰作以述说他心灵的探险者。

客观的批评，没有这么一回事，正如没有客观的艺术。那夸示将自己置于作品之外的是最虚假的欺人。真理是这样：人不能离开他自己。这是我们的最大烦恼……要打算真诚爽直，批评家应当说："先生们，我要说我自己对于莎士比亚，或阿辛（Racine）①，或巴

---

① 拉辛（1639—1699），法国伟大的诗人、剧作家，奉行"三一律"，以悲剧为主，代表作包括《安德洛玛刻》《费德尔》等。

司克尔（Pascal），或歌德——这些题目供给我很美的机会。"（*The Adventure of the Soul*）

克尔（Alfred Kerr）[1]说：

作一个批评者，假如只限于此，是个笨营业。演义的道理比早晨的烧饼还陈腐得快。我相信，那有价值的是批评的自身也成为艺术，就是当它的内容已经陈腐，还能使人爱读。批评应当视为与创造同类……什么是生产的批评？批评者还没有生过一个诗人！生产的批评在批评中创造出一艺术品。别的一切解释全是空的。只有批评家中的诗人才有评论诗人的权利……将来的批评者必均坚持此理：去建设一个系统只能引起迷惘；能持久的必是叙说得好的。（*Das Neue Drama*）

这种印象派或欣赏派的主张是有趣的，刺激的，而且含有只有艺术家才能明白艺术，和爱文学而不爱文学的规法的意思。但是，这种批评不是全无危险的：从批评者说，批评者应

_____

① 克尔（1867—1948），德国文艺评论家，1905年出版了《新戏剧》。

当拿什么作他的主旨？自然还是归之于多读多看，而后才能提出主旨。假如批评者完全自主，以产生文艺为目的，而以批评作为次要的，批评的自身便极危险了；因为这样主张的人可以不下工夫多读多看，而一任兴之所至发为文章，这岂不是把批评的原旨失了么？批评必须比较，设若只以爱与不爱立言，便无须比较，因为爱这个便不爱那个，用不着比较了。这主观的批评是自己承认不是科学的，可是不用科学方法怎能公平精到呢？再从读者方面说：

这样的批评有三个危险：但不是主观批评的，是现代读者对于这种批评的态度的。第一是容易以这种批评与别种批评相混。读批评文字，不注意讨论，而专看它的结论怎样出来。这是两重的不公道。对文学本身不公道，因为不看它的诚实的解释，而易以现成的宣言——纵使是出于最大的注释家的。对于如约翰孙、剖蒲、爱迪森①等人也是不公道的，以他们的文学意见估量他们——他们的文学意见一部分是他们的时代产物——而不看他们使那意见立得住的力量……第二是多量的批评文学对于文学研究的通

---

① 分别为塞缪尔·约翰逊、蒲伯、艾迪生。

病是应该负责的，因为人们只读关于文学的作品，而不去读文学本身……第三是带点理论性质的。据我看，注重主观的批评使文学研究从对诗的艺术的要点移到细小之点上去了……现在的普通批评文学很少注意于考拉瑞芝①。所谓诗的"全部的欣赏"，而多注意于"组成部分的美好"。

从上面的四种批评的短长，我们看出来，批评有两个原素：哲学的与历史的。我们还是引莫尔顿的话吧。哲学的与历史的是：

　　一个是打算得到文学的原理；一个是批评文学的继续。哲学的批评是有基本的重要；批评史的重要首先在能帮助文学的哲学。

由这两句话我们看到，文学的哲理是把部分和全体联络起来；那么，批评的任务必是由检考文学、由特别的而达到普遍的。这样，批评史所记载的批评意见只是历史上的演进，把这

———————————

① 柯勒律治。

　　　　　　　　　　　　文学概论讲义

些进行的方向分划出来，也是文学的哲学的一部分工作；那就是说，用历代的批评学说作我们的哲学的参考；专研究一时代的批评作品的历史是不很重要的。它们的重要只是因为它是文学原理的一枝，借着它们可以看到理论的全体。这样，我们明白了文学批评与文学批评史的分别，批评史对文学批评的重要，不在乎历史，而是在文学方面。文学批评，那么，是解释文学的，是理论的。由此我们可以提到文学批评的功能的另一方面了。

因为文学批评是解释文学的，所以它也可以由解释文艺到解释生命上去。这并不是说以道德的标准去批评文艺，而是以文艺和文艺时代的生活相印证。这是阿瑙德（Matthew Arnold）①的主旨。他不但批评文学，也批评生命；他批评文艺，也批评批评者。他以为文化的意义便借求知而进于完善，求知便能分辨好坏善恶，这便是批评。因此批评的事务是"要知道世界上所知所想过的最好的，然后介绍出去，以创出一个真的新的思潮"。批评的根本性是要公平无私。这样，批评家是有所为的：社会有了好的知识与文化，才能欣

---

① 马修·阿诺德（1822—1888），英国诗人、评论家。主要作品有《评论集》《文化与无政府》等。

赏文艺而帮助文艺发展，批评家必须给文艺造一个环境与空气。批评者是制造这空气的，也就是社会改造者。我们看多数的批评作品是解析文学的，于此我们又看见一个解析批评者的。批评者，据他看，好象是施洗的约翰，给一个更大的人物预备道路。在这里，我们晓得文学批评的功能，在它本身是要作成文学的哲理，在它的宣传是要指导文学与社会；它并不是指点错误和挑毛病的意思。中国的文学很吃没有这用整个的理论来批评和指导的亏，而养成公平无私的批评尤为今日之急需。

唯有批评，不承认有不易的定理，不肯为任何教门派别的肤浅陈腐之谈所束缚，能养成那沉静哲学心境，能为真理而爱真理，虽明知真理不易达到，也一样的爱她。（王尔德《批评家即艺术家》，林语堂译）

谁是批评者呢？在批评史上我们看见许多创造者也是批评家，也有许多批评家不是创造者。我们也常听到批评家指摘创作家的短处，和创造者的诟骂批评家。到底谁应当作批评者呢？这几乎永远不能规定，我们只能就事实上说。那就是说，在事实上，艺术家自己明白自家艺术的底细，自然，他假如乐意，会写出最有价值的批评来，因为他是内行。但是，艺术是广泛的，创造家不易多才多艺，他所会的他自然可以说明了，但是他不能都会，不能件件精通；于是他便不能不把批评的事业让给一些专门的批评家。况且，一个文艺作品创造出来，是要交给别人读的，而读者是要对它说话的人。自然，一个公平的科学的批评者是要从文艺本身下手，设身处地的为那创造者设想，但是他所见的设若是很广，他一定会指出创造品的缺欠，或是发表与创造者相反的意见；要使创造者与批评者完全气味相投，毫无抵触，是极难的事；创作家的自傲，与批评者的示威，往往是不易调处的。但是，无论怎说，艺术家既不能全兼作批评家，批评家还是很重要的。况且，批评家的成功，不单在他的意见上，而是须有文学天才的帮助；他的批评文字假如也是文艺，这是无疑的文艺界的幸运。

谁是批评者似乎是在艺术家与批评家的争执中不易解决的；我们只能说，艺术家而能作批评的事业是极好的；但事实上不能人人如此，那么，批评家便产生了，这在事实上是必然的，而且是很好的事。我们现在说怎样成为批评家，和批评家当有的态度：

要成个批评家必须有天才和象王尔德所谓的"一种有锐敏

感觉美及美所给予我们的印象的性情"，是无须多说的；他也必须有相当的训练，塞因司布瑞对于爱迪森的批评作品说：

> 真的，他的三四十篇文章里，继续增加对于何为批评的了解……批评是，从一方面说，一种艺术，其中很少见到可靠的简单节要——它比一切的创作艺术都需要更多的读书与知识——而且头一件是在作对过以前，必须有许多错误，也许没有一个有地位的批评家，不是在作完了比初作时更好的。

这是个很显然的事实，不必多说。至于他应有的态度，他第一应当站在创造者的地位去观察：

> 艺术家可以比作一个探看荒林的探险者，自家去开出一条路。批评者象第一个检查者去考察这条路。他看见这条路在丛荒之中开过去；他判断这筑路的材料如何坚实，和作的时候费了多少力。他也许愿意有些地方应当改换方向，指出如何可避免某个险坡，某个急转，某个不必要而没道理的桥。但是，这并无关紧要，这路已这样修好，他只好随着它走；他必须估定的路的价值，在它已成为通衢

大道，四围的榛莽已被剪除，已成为繁华的、普通的以前。假如他来得太晚了，这路已成了通用的大路，他必须把后来加添的东西除去，用心眼去设想它的原形，想出那荒林还在路的两旁时的光景。（Scott-James, *The Making of Literature*, Chapter 29.）①

这样，便合了以我就文艺的道理，而不至于武断。这种态度才能真实的去看文艺，而把文艺所带着的注解和陈腐无谓的东西都放在一边。这种态度能叫批评者对新的旧的作品都一视同仁，不拿成见硬下判断。这样，他不但只是了解文艺，他也一定要明白文艺中所含的生命是怎样，那就是说，他必明了人生，才能明白文艺所表现的是什么。这样，批评家所具的天才，所忍受的苦，所有的道德，才能与艺术家媲美，而批评便成了一种艺术，而是"诗只能被诗人摩抚"。艺术家是比批评家多一些自由的，批评家的难能可贵也就是因为他能真了解艺术家；他决不是随便批评几句便可成功的。

批评家也必须对创造家表同情；批评不只是挑毛病。没有

---

① 斯科特·詹姆斯（1878—1959），英国作家、批评家。《文学的创造》在纽约初版于1928年。

同情，便不会真诚，因为他以批评为对作家示威的举动。

　　对于青年人我须这样说，以缺点判断任何作品永远是不智慧的：第一个尝试应当是去发现良美之点。（Coleridge）

这是句极有意思的话。

　　天才、审美心、训练、知识、公平、精细、忍耐、同情、真诚……这么些个条件才能作成个批评家！

第十三讲　诗

在第六讲与第九讲里，我们谈过诗是文艺各枝的母亲。在第八讲里，我们看清了诗与散文的分别。现在应讲：（一）诗与其他文艺的区别，这是补充第八讲。（二）诗的分类。（三）诗的用语。

一、诗与其他文艺的区别　在第八讲里，我们看到诗与散文的所以不同。因为这么一划分，往往引起一些误会：诗的内容是否应与戏剧、小说等根本两样呢？现代的文艺差不多是以小说为主帅；诗好象只是为一些老人，或受过特种教育的有闲阶级预备着的。一提到诗，人们好似觉得有些迷惘：诗的形式是那么整齐，诗的内容也必定是一种不可了解的东西。可是，我们试掀开一本诗集，不论是古代的还是当代的，便立刻看到一些极不一致的题目：游仙曲、酒后、马、村舍；假如是近代的，还能看到：爱、运动场、洋车夫、汽车……这又是怎回事呢？游仙曲与汽车似乎相距太远了，而且据一般不常与诗亲近的人推测，汽车必不能入诗。及至我们读一读汽车这首诗，我们所希冀的也许是象小说中的一段形容，或舞台上的布景；可是，诗中的汽车并不是这样，十之八九它是使我们莫名其妙。这真是个难题：诗与戏剧、小说或别种文艺在内容上根本须不同吧，这诗集里分明有"汽车"这么一首；说它应与别种文艺相同吧，这首汽车诗又显然这么神秘！怎么办呢？

诗的内容与别种文艺的并没有分别，凡是散文里可以用的材料，都可以用在诗里。诗不必非有高大的题目不可。那么，诗与散文的区别在哪里呢？在第八讲里说过，那是心理的不同。诗是感情的激发，是感情激动到了最高点。戏剧与小说里自然也有感情，可是，戏剧、小说里不必处处是感情的狂驰。戏剧小说里有许多别的分子应加以注意，人物、故事、地点、时间，等等，都在写家的眼前等调遣，所以，戏剧家小说家必须比诗人更实际一些，更清醒一些。他们有求于诗，而不能处处是诗。"一朝春尽红颜老，花落人亡两不知！"《红楼梦》的作者是可以写首长诗补救散文之不足的。至于诗人呢，他必须有点疯狂：

诗要求一个有特别天才的人，或有点疯狂的人；前者自易于具备那必要的心情，后者真能因情感而忘形。（亚里士多德《诗学》十七）

诗人的感情使他忘形，他便走入另一世界，难怪那重实际的现代的侦探小说读者对诗有些茫然。诗是以感情为起点，从而找到一种文字，一种象征，来表现他的感情。他不象戏剧家、小说家那样清楚的述说，而是要把文字或象征炼在感情一处，成了一种幻象。只有诗才配称字字是血，字字是泪。

诗人的思想也是如此，他能在一粒沙中看见整个的宇宙，一秒钟里理会了永生。他的思想使他"别有世界非人间"，正如他的感情能被一朵小花、一滴露水而忘形。"身无彩凤双飞翼，心有灵犀一点通。"（李商隐《无题》）他的思想也许是不科学的，但"神女生涯原是梦"是诗的真实；诗自有诗的逻辑。况且诗是不容把感情，思想，与文字分开来化验的。诗人的象征便是诗人的感情与思想的果实，他所要传达出的思想是在象征里活着，如灵魂之于肉体，不能一切两半的。他的象征即是一个世界，不需什么注解。诗也许有些道德的目的，但是诗不都如此，诗是多注意于怎样传达表现一个感情或一思想，目的何在是不十分重要的；诗人第一是要写一首"诗"。诗多注重怎么说出，而别种文艺便不能不注意于说些什么。

这样，我们才能明白为什么诗能使我们狂喜，因为它是感情找到了思想，而思想找到了文字。它说什么是没有大关系的，马、汽车、游仙曲，都是题目；只要它真是由感情为起点，而能用精美的文字表现出，便能成功。因此，我们也可以看清楚了，为什么诗是生命与自然的解释者，因为它是诗人由宇宙一切中，在狂悦的一刹那间所窥透的真实。诗人把真理提到、放在一个象征中，便给宇宙添增了一个新生命。坡①说：诗是与科学相反的。诗的立竿见影的目的是在愉快，不在真实。诗与浪漫故事是相反的。诗的目标在无限的愉快，而故事是有限的。音乐与愉快的思想相联结，便是诗。我们不是要提出诗的定义，我们只就这几句话来证明为什么诗能使生命调和。因为诗的欣悦是无限的，是在自然与生命与美中讨生活的，这是诗之所以为生命的必需品。

---

① 爱伦·坡（Allan Poe，1809—1849），美国大诗人、世界"推理小说"之父，象征主义的先驱。波德莱尔、柯南·道尔、希区柯克等都深受其影响。

文学概论讲义

诗的力量是它那解释的力量；这不是说它能黑白分明的写出宇宙之谜的说明，而是说它能处置事物，因而唤醒我们与事物之间奇妙、美满、新颖的感觉，与物我之间的关系。物我间这样的感觉一经提醒，我们便觉得我们自己与万物的根性相接触，不再觉得纷乱与苦闷了，而洞晓物的秘密，并与它们调和起来；没有别的感觉能这样使我们安静与满足。（Matthew Arnold）

醒着，我们是在永生里活着；睡倒，我们是住在时间里。诗便是在永生里活着的仙粮与甘露。雪莱赠给云、叶、风与草木永生的心性；他们那不自觉的美变为清醒的可知的，从而与我们人类调和起来。在诗人的宇宙中没有一件东西不带着感情，没有一件东西没有思想，没有一件东西单独的为自己而存在。"二年鱼鸟浑相识，三月莺花付与公。"（苏轼）这是诗人的世界，这是唯有诗人才能拿得出的一份礼物。

我们不愿提出诗的定义，也不愿提出诗的功用，但是，在前边的一段话中，或者可以体会出什么是诗，与诗的功用在哪里了。

二、诗的分类　　这是个形式的问题。在西洋，提到诗的分类，大概是以抒情诗，史诗，诗剧为标准的。亚里士多德的《诗学》差不多只是讨论诗剧，因为谈到诗剧便也包括了抒情诗与史诗。史诗，抒情诗，诗剧是古代希腊诗艺发展的自然界划。这三种在古代希腊是三种公众的娱乐品。在近代呢，这三种已失去古代的社会作用，这种分类法成为历史的、书本上的，所以也就没有多少意义。就是以这三种为诗艺的单位，它们的区划也不十分严密。史诗是要有对话的，可是好的史诗中能否缺乏戏剧的局势？抒情诗有时候也叙事。诗剧里也有抒情的部分。这样看，这三种的区别只是大体上的，不能极严密。

对于诗的分类还有一种看法，诗的格式。这对于中国人是特别有趣的。中国人对于史诗、抒情诗、戏剧的分别，向来未加以注意。伟大的史诗在中国是没有的。戏剧呢，虽然昌盛一时，可是没有人将它与诗合在一处讨论。抒情诗是一切。因此提起诗的分类，中国人立刻想到五绝、七绝、五律、七律、五古、七古、乐府与一些词曲的调子来。就是对于戏剧也是免不了以它为一些曲子的联结而中间加上些对话，有的人就直接的减去对话，专作散曲。大概的说起来呢，五古、七古是多用于叙述的，五绝、七绝是多用于抒情的；律诗与词里便多是以抒情兼叙事了。诗的格式本是足以帮助表现的。有相当的格式更足以把思想感情故事表现得完美一些。但是，专看格式，往往

文学概论讲义

把格式看成一种死的形式，而忘了艺术的单位这一观念。

中国人心中没有抒情诗与叙事诗之别，所以在诗中，特别是在律诗里，往往是东一句西一句的拼凑；一气呵成的律诗是很少见的，因为作诗的人的眼中只有一些格式，而没有想到他是要把这格式中所说的成个艺术的单位。这个缺点就是伟大诗人也不能永远避免。试看陆游的："利欲驱人万火牛，江湖浪迹一沙鸥，日长似岁闲方觉，事大如山醉亦休。"是多么自然，多么畅快，一点对仗的痕迹也看不出，因为他的思想是一个整的，是顺流而下一泻千里的。但是，再看这首的下一半："衣杵相望深巷月，井桐摇落故园秋。欲舒老眼无高处，安得元龙百尺楼？"这便与前四句截然两事了：前四句是一个思想，一个感情，虽然是放在一定的格式中，而觉不出丝毫的拘束。这后四句呢，两句是由感情而变为平凡的叙述，两句是无聊的感慨。这样，这首《秋思》的前半是诗，而后半是韵语——只为凑成七言八句，并没有其他的作用。这并不是说，一首七律中不许由抒情而叙述，而是说只看格式的毛病足以使人忽略了艺术单位的希企：只顾填满格式，而不能将感情与文字打成一片，因而露出格式的原形，把诗弄成一种几何图解似的东西了。

再说，把诗看成格式的寄生物，诗人便往往失去作诗的真诚。而随手填上一些文字便称之为诗。看苏轼的《祥符寺九曲观灯》："纱笼擎烛迎门入，银叶烧香见客邀。金鼎转丹光吐夜，宝珠穿蚁闹连朝。波翻焰里元相激，鱼舞汤中不畏焦。明日酒醒空想象，清吟半逐梦魂销。"这是诗么？这是任何人所能说出的，不过是常人述说灯景不用韵语而已。诗不仅是韵语。可见，把格式看成诗的构成原素，便可以把一些没感情，没思想的东西放在格式里而美其名曰诗。灯景不是个坏题目，但是诗人不能给灯景一个奇妙的观感，便根本无须作诗。

由上面的两段看出，以诗艺单位而分类的，不能把诗分得很清楚。但是有种好处，这样分类可以使诗人心中有个理想的形式，他是要作一首什么，一首抒情的，还是一首叙事的；他可以因此而去设法安排他的材料。以诗的格式分类的容易把格式看成一切，只顾格式而忘了诗之所以为诗。研究格式是有用的，因为它能使我们认识诗艺中的技巧，但是，以诗而言诗，格式的技巧不是诗的最要紧的部分。

再进一步说，诗形的研究是先有了作品而后发生的。诗的活力能产生新格式，格式的研究不能限制住诗的发展。自然，诗的格式对于写家永远有种诱惑力，次韵与摹古是个易避免的引诱，但是，记住五六百词调的人未必是个词家。这样，我们可以不必把诗的格式一一写在这里，虽然研究诗形也是种有趣的工作。研究诗形能帮助我们明白一些诗的变迁与形式内容相互的关系，但这是偏于历史方面的；就是以历史的观点看诗艺，它的发展也不只是机械的形体变迁；时代的感情、思想，与事实或者是诗艺变迁更大的原动力。

三、**诗的用语**　刘禹锡作诗不敢用"糕"字，因它不典雅。现代一位文人把"尿"字用在诗中，而自夸为创见。诗的用语到底有没有标准呢？这是个许久未能解决的问题。在大诗人中，但丁是主张用字须精美，Wordsworth是主张宜就日常生活的言语用字。欧·亨利幽默的提出这个问题，而未能加以判断（看 *Proof of The Pudding*）①。我们应怎样解决呢？

由文字的本身看，文字都是一样有用的，文字自己并没有天然的就分为两类：诗的字与非诗的字。文字正象色，会用色的人才会画图，颜色本身并不是图画。文字自己并没有诗意，是在诗人手里才成为诗的组成分子。这样看，诗人用字应当精细的选择。他必须选择出正好足以传达他的思想与感情的字——美的是艰苦的。这是无可推翻的道理。专顾典雅与否

---

①　欧·亨利（O.Herry，1862—1910），美国最负盛名的短篇小说家之一。《布丁的证明》是其一篇短篇小说。

是看字的历史而规定去取，这与自我创造的精神相背，难免受"刘郎不肯题糕字，虚负诗中一代豪"的讥诮。主张随便用字的人，象Wordsworth以为好诗是有力的情感之自然流泻，只有感情是重要的，文字可以随便一些。只雕饰文字而没有真挚的感情是个大错误。但是，有了感情而能呕尽心血去找出最适当的、最有力的字，岂不更好？这样，我们便由用什么字的问题变为怎样用字的问题了。

用什么字是无关重要的，字本来都是一样的，典雅的也好，俗浅的也好，只要用的适当而富有表现力。作诗一定要选字；不是以俗雅为标准，而是对诗的思想与感情而言。诗是言语的结晶，文字不好便把诗毁了一半；创造是兼心思与文字而言的。空浮的一片言语，不管典雅还是俗浅，都不能算作诗。中国的旧诗人太好用典了；用典未必不足以传达思想，但是，以用典为表示学识便是错误。有许多杰作是没有一个典故的。中国的新诗人主张不用典，这是为矫正旧诗人的毛病，可是他们又太随便了，他们以为随便联串上一些字便可以成诗。诗不是那么容易的东西。白话是种有力的表现工具，但是，诗人得抓住白话那"有力"之点；能捉住言语的精华不是一般人所能作到的，就是诗人也要几许工夫而后才能完全把言语克服了。

"红杏枝头春意闹"的"闹"字，"云破月来花弄影"的"弄"字，都是俗字，可是这两个俗字要比用两个典故难得多了。王安石的"春风又绿江南岸"中"绿"字原是"到"字，后改为"过"字，又觉不好而改为"入"字，最后定为"绿"字。这些字全是俗字，为何要改了又改，而且最后改定的确比别的字好？天才的自然流露是确有其事，但是，

> 自昔词人琢磨之苦，至有一字穷岁月，十年成一赋者。白乐天诗词疑皆冲口而成，及见今人所藏遗稿，涂窜甚多。（《春渚纪闻》）

这足以给新诗人一些警戒。用白话写的与用典故写的都不能算诗，假如写的人只是写了一段白话，或写了一堆典故；美的是艰苦的。

诗的体裁也与用字有关系："诗庄词媚，其体元别。"自非确当的话，但是一首七古与一首词间所表现的自然有些不同。《琵琶行》不能改入《虞美人》和《玉阶怨》，因为体裁不同，所表现的内容也便不同。因此，找到适当的格式，还要找相当的文字，才能作足这形式之美。自然，一个格式也可以容纳许多不同的思想感情，但有的格式是只能表现某一些思感

的，绝句与多数的词调的容纳量是比律诗窄狭得多。诗虽未必都"庄"，而许多小令是必须"媚"的。新诗的发展还正在徘徊歧路的时期，在形式上有许多人试用西洋诗体，这个尝试是应小心一点的：专拿来一种格式，而不管它适于表现什么，和它应当用什么文字，当然会出毛病的。

第十四讲　戏剧

孔尚任在《桃花扇》传奇的序言里说：

> 传奇虽小道，凡诗赋、词曲、四六、小说家，无体不备；至于摹写须眉，点染景物，乃兼画苑矣。其旨趣实本于三百篇，而义则《春秋》，用笔行文，又《左》、《国》、太史公也。于以警世易俗，赞圣道而辅文化，最近且切。今之乐，犹古之乐，岂不信哉？

这段话对于戏剧的解释，在结构上只看了文学方面，在宗旨上是本于"文以载道"，而忽略了艺术上的功能。戏剧之与别种文艺不同，不仅限于它在文体上的完备，而是在它必须在舞台上表现。因为它必须表演于大众目前，所以它差不多利用一切艺术来完成它的美；同时，它的表现成功与否，便不在乎道德的涵义与教训怎样，而在乎能感动人心与否。所以亚里士多德在《诗学》里指出：因为人类有摹仿的本能，所以产生了艺术。戏剧便是用行为来摹仿。依了诗人自己的性格的严肃与轻佻，他可以摹仿高尚的人物和其行为，或是卑低的人物与其行为。前者便是悲剧的作者，后者是喜剧的作者。悲剧中有六个要素：结构、性格、措辞、情感、场面、音乐。悲剧的目的在唤起怜悯与恐惧以发散心中的情感。这样，亚里士多德把戏剧的起源与功能全放在艺术之下，而且指出它是个更复杂和必须表演的艺术。它不是要印出来给人念的，而是要在舞台上给人们看生命的真实。因此，戏剧是文艺中最难的。

世界上一整个世纪也许不产生一个戏剧家，因为戏剧家的天才，不仅限于明白人生和文艺，而且还须明白舞台上的诀窍。一出戏放在舞台上，必须有多方面的联合：布景与音乐的陪衬，导演者的指导，演员的解释，最后是观众的判断。它的效力是当时的，当时不引起观众的趣味，便是失败。读一本剧和看一本剧的表演是不同的：看书时的想象可以多方的逐渐的集合，而看戏时的想象是集中在目前，不容游移的。

假如在文艺中内部的分子是重要的，在戏剧里，外部的分子也该同样的注意。戏剧有他种文艺没有的舞台上

文学概论讲义

的表演；这一点——以真的表现真的——使戏剧成为艺术的另一枝。但是这以真的表现真的并不与日常生活完全相同……真实，并非实现，是戏剧的命脉，是以集中把实现提高和加深，使之不少于，而是多于实现。（Worsfold，*The Drama*）[1]

戏剧是多于生命的。

拿这个道理方可判断与解释戏剧。古代与近代的戏剧不同，西洋与中国的戏剧不同，但是，它们的同与不同并不重要，我们应首先注意它们合于这个原理与否。拿这个原理去衡量戏剧能使我们看出它们为何不同，因为既要表演，时代与环境的不同便叫表演的方法不一样，希腊古代的戏剧是那样的古怪，然而在当时是非那样表演不可的。元曲的一人唱，旁人只答几句话，是不足以充分表现真实的，虽然它们的抒情诗部分是非常的美好；抒情诗在古代希腊戏剧中也有，但不象元曲中那样多，也不那么重要；况且舞台上的表演是不能专依靠抒情的。明清的戏剧，人物穿插较比火炽了，可是唱的部分还是很多，而且多是以歌来道出行动和事实，不是表现给观众；至于

_____

　① W.B.沃斯福尔德《戏剧》。

象《长生殿》中的《弹词》与《闻玲》那类的东西，是史诗与抒情诗的吟唱，不是戏剧的表现，可以算作好诗，而非戏剧。多数的中国戏是诗与音乐的成分超过戏剧的。

拿古代希腊和中国的戏剧与现代的比较，我们看出来它们的不同是在表现真实的程度不一样。无论什么戏，只要它是戏，便须表现生活的真实，因为刺激情感是它的起源。但是，这表现真实的方法是越来越真切的，所以古代希腊与中国的旧剧便不能与西洋现代的戏剧比了。古代希腊的戏剧是由民间的歌唱，进而为有音乐的表现，而后又加入故事。有这样的进展程序，所以它的诗的分子很重要。表演的时候，是在极大的露天戏园，能容纳两三万人，于是，演员必须穿着五六寸高的厚鞋，戴着面具，表演只能用手式与受过训练的声音慢诵戏文，以使听众全能看得见听得见。这个方法在事实上能给观众一些感动，假如观众是在那个场面之前。中国戏剧是显然由歌唱故事而来，所以，它的组成分子是诗与音乐多于行动的，它的趋向是述说的，如角色的自道姓名和环境，和吟唱眼中所见景色与人物，和一件事反复的陈说；在武剧中事实总是很简单的，它的表现全在歌舞与杂技卜。毛西河《词话》里说：

古歌舞不相合，歌者不舞，舞者不歌；即舞曲中词，亦不必与舞者搬演照应……宋末，有安定郡王赵令畴者，始作"商调鼓子词"，谱《西厢》传奇，则纯以事实谱词曲间，然犹无演白也。至金章宗朝，董解元，不知何人，实作"西厢捣弹词"，则有白有曲，专以一人捣弹并念唱之。

嗣后金作清乐，仿辽时大乐之制，有所谓"连厢词"者，则带唱带演，以司唱一人，琵琶一人，笙一人，笛一人，列坐唱词；而复以男名末泥，女名旦儿者，并杂色人等入勾栏扮演，随唱词作举止，如"参了菩萨"，则末泥祗揖；"只将花笑撚"，则旦儿撚花类，北人至今谓之连厢，曰"打连厢"，"唱连厢"，又曰"连厢搬演"……

至元人造曲，则歌者舞者合作一人……然其时司唱犹属一人，仿连厢之法，不能遽变。

有这样的来源，所以，就是到了后来的昆曲与皮黄戏，还是以唱舞为重要分子，而不能充分的表现。观众，在古代希腊，是一面看剧，一面敬神，因为演剧是一种宗教行为；在中国，这宗教成分不多，而是去听一种歌，看一种舞，歌舞的形式是已熟知的，不过是看看专门演员对这歌舞的技术如何，从而得点愉快。依着这歌舞的发展，一切神奇的事全可以设法加入，可能的与不可能的全用方法象征或代表出来，于是，中国戏剧便日甚一日的成为讲歌舞技术的东西，而不问表现真实到了什么程度。有的剧本实在很好，但是被规则与成法拘束住，还是不能充分的表现。这样，希腊剧被环境与设施上限制住，发展到"一种"歌舞剧上去。设若我们拿西洋现代戏剧和他们比较，我们立刻发现了现代戏剧的发展是在表现真实方面。

先从结构上说，亚里士多德说："每个悲剧有两部分，进展与结局。重要行为之外的，和有时在其中的，穿插，作成进展部分；此外的是结局。"这样看起来，希腊古代戏剧的结构与西洋的五幕剧的，和中国的四折或多于四折剧的，并没有多少差别；因为五幕剧的进行与中国四折剧的进行，也是依着起始、发展与结果的次序。不过希腊剧受表演设备的限制，角色只有三人，而西洋与中国剧的角色便没有数目上的限制。这样希腊剧的重点就不能不在于给整个的印象而忽略了细小的节目，而后代的戏剧，因为穿插复杂，角色无定数，便注意到细小节目；于是它的重点便移到部分上去，而更显着真切。中国剧的幕数划分虽甚整齐，而在一折之中，人物的出来进去很多，不能在极恰当的时候换场，而且就是换场的时候，也没有开幕闭幕的举动，可是对于细节的注意也有显然的进步。在许多由昆曲改造的京戏中可以看得出对于穿插的改善，使事实的表演更近于真实。这趋进写真的倾向——因为戏剧是要表现真实的——是剧本进步的一个动力。

古代戏剧多取材于伟人的故事，而且把结局看成顶要紧的东西。近代戏剧的结构的取材多是平凡的事实，而结构的重要似乎移到性格的表现上去。古代是以结构中的穿插来管着角色，近代是以性格的表现带领着行为。中国的戏剧差不多是取材于历史的，可是历史人物的表现几乎永远与平凡人物相似；在元曲中结构很有些象古代希腊的，是以结构为主，而人物个性有时不能充分发展。近代的中国剧，虽然结构的重要还在人物性格之上，可是在穿插上显然的较比活泼，而且有的时候给次要的人物以很好机会来表现个性：假如《西厢记》按着古代希腊结构的组成，它的重要人物一定只是莺莺、张生与老夫人；可是王实甫的作品中，红娘成为极活泼而重要的角色，差不多把莺莺们完全压倒了。这注重人物的趋向，也是受了求真的影响。事实人物不厌其平凡，其要点全在怎样表现他们，这似乎是近代戏剧的趋势。虽然有人，象阿瑙德，以为事实必须伟大高尚，但是依着文学进展的趋向看起来，文学日甚一日的注意在怎样表现，这是不能强为矫正的。据我看，结构与人物的高尚与否似乎不成问题，所当注意的是结构与人物的如何处理。尤瑞皮底司已经把历史人物作为真人物似的而充分表现他们的个性与讨论他们的问题，时代精神是往往叫历史的人物与事实改变颜色的。结构在古人手里是定形的，把些人物放在这结构下活动着；现代是以结构为戏剧发展的自然程序，我们引莫尔顿一段话看看：

> 假如结构为对于人生范围中的扩大设计，为经验之丝所织成规则的图案，正如许多色的线之织入一匹布，则此观念之表现必带出它的真正尊严。此外还有何种象这样秩序的排列为科学与艺术的会合点？科学是检讨那美丽而混杂的天体的律动，或将那自然表面的幻变复杂，列成有系统的类别与良好的生命秩序。同样，艺术继续着创造的工作，从事物的混乱实况中作出理想的排列。这样，那生命的迷网，带着许多相反的企图，错综与曲折的相反心意，和全人类的争斗或合作，在这里，没有两个人完全相同，也没有一个对别人能完全独立——这个曾经多少的劳力，被科学的历史家研究而作成一调和的方式，名曰"天演"。但是，历史家看出来，戏剧家早已看到这一步。戏剧家曾经检讨罪恶，并且看出来它与"报应"相联，曾把

文学概论讲义

欲望改为深情，曾接受真实中没有定形的事实而使成为有秩序的经济的图形。这个把定形加于生命之上就是结构……（Moulton, *Shakespeare as a Dramatic Artist*.）

这样，我们明白了什么是结构，它是极经济的从人生的混乱中捉住真实。它即是这样的一个东西，它的重要便多在于表现真实，而真实是多于生命的。那希腊古代戏剧的特重结构，与结构的事实必须是高贵尊严的，便不能限制住后代戏剧的注重人物与行为的细微处，也不能限制住把人物的表现改为一个主义或问题的表现，因为无论注重哪点，结构的形成是根本含有哲学性的。这哲学性便使时代的心神加入戏剧里边去，从而戏剧总是表现人生的真实的，而不是只表现一些日常的事实。

在这里，我们就可以想到戏剧创造的困难在何处。它第一，要在进展上使节目与全部相合，一点冗弱与无关的情节也不能要，这样，才能成为一有系统、有目的之计划，才能使观者的思想集中而受感动。第二，它要由进展而达到一个顶点。这比第一层又难多了，而且是多数戏剧失败的原因。叔本华说：

第一步，也是最普通的一步，戏剧不过是有趣味……第二步，戏剧变为情感的。戏剧的人物激起我们的同情，即间接的与我们自己同情……第三步，到了顶点，这是难的地方。在这里，戏剧的目的是要成为悲剧的。在我们眼前，我们看到生活的大痛苦与风波；其结局是指示出一切人类努力的虚幻。

常言，开首是难的。在戏剧中恰得其反；它的难关永在结局……这个困难的原因，一部分是因为把事物纳入阵网之中是比怎样再把它提出来容易的；一部分是在开首的时候，我们许多著者完全随便去作，及至到了最后，我们要和他要求一定的结果。（Schopenhauer, *On Some Forms of Literature.*）①

这个困难是事实中的，因为结构的意义既如上述，它的结局必须要满足观众的要求，那就是说由看事实而归到明白人生的真实，由表现人生走到解释人生。希腊古代的戏剧多数是依着当时的宗教与人生观，使命运的难逃结束一切。中国的戏剧多数是依着诗的正义而以赏善罚恶为结局。这两种

---

① 叔本华《关于文学的八种形式》。

　　　　　　　　　　　文学概论讲义

对生命的看法对不对是另一问题，但是，人生的哲学及观感是不限于这两种的，因而戏剧中所表现的精神也便不同。近代的思想与信仰是差不多极难统一的，这足以使戏剧家由给一定的解释与哲学，改为只是客观的表现，或表现一个问题而不下结论；这样，近代的戏剧结构便较比古代的散漫一些，但在真实上更亲切一些；可是，它的结局决不能象古代的所给的印象与刺激那样的一致。近代的戏剧差不多是由解释真实而变为使观者再解释戏剧，这是很危险的，但也许是不可避免的事实。

再从言语上说，戏剧中言语的演变也是以表现真实为主。古代的希腊戏剧是用韵文的——诗剧。所以，在亚里士多德的《诗学》里，他差不多完全是讨论悲剧，因为史诗与抒情诗是包括在悲剧中的，悲剧是诗的演进到极完美的东西。但是，尤瑞皮底司已然大胆的用日常的言语去表现"日常生活与事情"。莎士比亚的戏剧中，是韵语与散文并用的；大概是在打趣与平凡的思想上他便用散文。这便足以证明散文是比韵语更能表现真实。于是，后代便连无韵诗也不用，而完全用散文；因为人是不用韵语讲话的。中国戏剧的言语，除了最近的新剧，总是歌曲与宾白相兼，但是，近代的皮黄戏中歌曲的词句，虽然勉强着用韵，而事实上实在不能算是诗，或者连韵语也够不上；而且演员有自由改定词句的权利，所改正的有时远不及原文，但是，在声调上更悦耳，听者也便不去管它象话不象话，而专以好听为主。今日的新剧提倡者，对于戏剧应用何种言语还在讨论，其实，这是无须多讨论的——表现什么便应用什么言语，一个学者与一个车夫的言语是不相同的，便应当用学者与车夫所用的言语去表现，这便能真确有趣。京腔大戏中的言语是已经成形，不管它是好是坏，它对于国语的推广确是极有力的。新剧的言语自然应该利用国语，但是为提倡新剧，就是全用方言，也无所不可。旧剧中的尖团字是一成不变的，是伶人的一种很重要的训练，尖团颠倒便遭"怯口"之诮，其实伶人自己也并不晓得为何必须如是。新剧的演员未必都能说国语，而且没有遵守尖团字的必要，所以在各地方演剧——除非是为国语运动——满可以用方言，以免去那不自然的背诵官话——不自然便损坏真实。

至于舞台的布景与行动，中国旧剧中的实在有改革的必要。那自道姓名，与向台下的听众讲话，是极不合表现真实的原理。自然，在西洋古代戏剧中也有与这类似的举动，但是已经改掉了，而把舞台视成另一世界，以幕界为一堵厚壁，完全与台下隔开。这并不难改掉，只要有好剧本，而且演员能忠于剧本，这些毛病自然能免去。这个问题系于皮黄剧的是否有成立的价值，或是否能改善。这是个大问题。假如我们承认皮黄戏是"一种"歌舞剧，有保存的价值——以现在民众的观剧程度说，它确有保存的必要——那么去改善它，把它的音乐与歌舞更美化一些，把剧本修改得更近于情理，便真可把它看成"一种"歌舞剧，而与真正的新剧分途前进，也未不可。这样，旧戏的改善便可专从美的方面下手改善，而把真实的表现让给新剧去从事工作，因为在旧剧的壳壳中决不能完全适用真正戏剧的原理。在新剧中呢，那舞台上的不近情理的举动，与自道姓名等，自然会在写剧本时便除去；那文明剧中的由旧戏得来的毛病是该一律扫清的。

至于布景，在改善的旧戏与创作的新剧有同样的困难。戏剧是表现真实的，也是艺术的，它的布景是必须利用各种艺术而完成一个美的总集。在旧戏中，以手作推势便算开门，以鞭虚指，便又是一村，这自然是太不近于真实，但是，这也比那文明戏中的七拼八凑的弄几张油画来敷衍强得多；这虽不真实，究竟手势比破油画在强烈的煤油灯光下还少一些丑恶。在这里，新剧感着同样困难。舞台上布置的各项人材是极感缺乏的。旧戏的改善在一方面，在今日的情形之下，或只能消极的去避除那丑恶之点，如在舞台上表现杀人洒血等，在美的表现上，似乎得等着新剧的设施有成绩之后，它才能想起采用，采用的得当与否，要视旧剧改善者的审美的程度而定。

这样，新剧家的只努力于剧本——现在的情形是如此——是决不足以使新剧推展得圆满的，他们必须注意到这全体之美的设施，不然，他们的剧本在舞台上一定比旧戏还更丑劣。自然，舞台上的真实永远不能避免人为的气味，所以，现代西洋戏剧有灭除这种不自然的表现之趋势；但是，在现在的中国，戏剧到底是要含有教育的目的，我们不能不拿较比真实的打倒无理取闹。对于观众有了相当美的训练，我们才能更进一步去减除这不自然的布景等。

至于演员与戏剧的关系，设若戏剧能达到以艺术表现真实的地步，是最有趣的。那就是说，演员在忠实于剧本之中，而将身心融化在剧旨里去解释它，去表演它。这样，演员决不仅是背过了剧本到台上去背诵，或是随意参加自己意见与言语，而是演员本人也是个艺术家，用他的人格与剧本中的人格的联合而使戏剧表演得格外生动有力。有许多人以为表演不算是艺术，这是错误的。一个演员的天才、经验与真诚，是不能比别的艺术家少的。诚然，他的职务是表演，不是创作，但是，设若他没有艺术的天才与经验，他决不会真能明白艺术作品而表演到好处。戏剧的进展既依表现真实为准，演员的困难便日见增加。中国或古代希腊的伶人决不会把近代的剧本能演到好处，因为他们的舞台经验是极有限的，极死板的，极不自然的；近代戏剧是赤裸裸的表现人生，不假一切假作的事情，如画脸，如台步等等来帮助他们作成伶人，而是用自己的天才与人格来使剧中人物充分表现出来。他们不是由脸谱与台步等作成自己的名誉，而是替创造家来解释来表演真实。他的一切举动都要恰合真实，这不是件容易作到的事。中国戏剧的改良，要打算成功，对于培养这样的演员是极当注意的，这样的演员除了自己的天才外，必须受过很好的教育。

第十五讲　小说

好听故事是人类天性之一，可是小说是文艺的后起之秀。不但中国的学者，象纪昀那样的以为：

> 班固称"小说家者流盖出于稗官"，如淳注谓"王者欲知闾巷风俗，故立稗官，使称说之"。然则博采旁搜，是亦古制，固不必以冗杂废矣……（《四库全书总目提要》）

就是西洋的大文学家，如阿瑙德（Matthew Arnold）也以为托尔斯泰的*Anna Karenina*[①]不能算个艺术作品，而是生命的

[①] 托尔斯泰《安娜·卡列尼娜》。

一片断。自然，这种否认小说为艺术品有许多理由，而它是后起的文艺，大概是造成这个成见很有力的原因。当英国的菲尔丁（Fielding）写小说的时候，他说："实际上，我是文艺的新省分［份］的建设者，所以我有立法的自由。"这分明是自觉的以小说为一种新尝试，故须争取自由权以抵抗成见。

那么，小说究竟算得了艺术作品么？我们先拿一段话看看：

> 近代小说将抽象的思想变为有生命的模型；它给予思想，它增加信仰的能力，它传布比实在世界中所见的更高之道德；它管领怜悯、钦仰与恐怖的深感；它引起并继持同情；它是普遍的教师；它是读众所愿读的唯一书籍；它是人们能晓得别的男女的情形唯一的途径；它能慰人寂寥，给人心以思想、欲望、知识，甚至于志愿；它教给人们言谈，供给妙句、故事、事例，以使谈料丰富。它是亿万人的欣喜之活泉，幸而人们不太吹毛求疵。为此，从公众图书馆书架上取下的，五分之四是小说，而所买入的书籍，十分之九是小说。（Sir Walter

Besant，*Art of Fiction*）①

　　这一段话没有过火的地方：小说是文艺的后起之秀，现在它已压倒一切别的艺术了。但是，这一段只说了小说的功能，而并未能指出由艺术上看小说是否有价值。依上面所说的，我们颇可引叔本华（Schopenhauer）的话，而轻看小说了——"小说家的事业不是述说重大事实，而是使小事有趣。"（*On Some Forms of Literature*）但是，小说决不限于缕述琐事，更不是因为日常琐事而使人喜读；托尔斯泰的《战争与和平》和一些历史小说可以作证。那么，小说究竟算艺术品不算？和为什么可以算艺术品呢？

　　我们的回答，第一，小说是艺术。因为，第二，有下列的种种理由：有人把小说唤作"袖珍戏园"，这真是有趣的名词。但是小说的长处，不仅是放在口袋里面拿着方便，而是它能补戏剧与诗中的缺欠。戏剧的进展显然是日求真实，但

---

　　① 瓦尔特·贝桑特（1836—1901），英国小说家、历史学家。《小说的艺术》是他1884年在伦敦皇家学院的演讲，随后单独出版。它引起了亨利·詹姆斯的兴趣，便发表了同名文章和贝桑特讨论。詹姆斯认可贝桑特的观点，认为小说是艺术，但他更明确地提出，"小说能够存在的唯一理由是它力图再现生活"，如果在形式和艺术层面过分执着，则无助于实现文学的教育性和娱乐性。

是，无论怎样求实，它既要在舞台上表现，它便有作不到的事。亚里士多德已经提到：如若在戏剧中表现荷马诗中的阿奇力（Achilleus）追赶海克特（Hector）[①]便极不合宜。再说，戏剧仗着对话发表思想，而所发表的思想是依着故事而规定好了的；戏台上不能表现单独的思想，除非是用自白或旁语，这些自然是不合于真实的；戏台上更不能表现怎样思想。诗自然能补这个短处，但是，近代的诗又太偏于描写风景与心象，而没有什么动作。小说呢，它既能象史诗似的陈说一个故事，同时，又能象抒情诗似的有诗意，又能象戏剧那样活现，而且，凡戏剧所不能作的它都能作到；此外，它还能象希腊古代戏剧中的合唱，道出内容的真意或陈述一点意见。

这样，小说是诗与史的合体，它在运用上实在比剧方便得多。小说的兴盛是近代社会自觉的表示，这个自觉是不能在戏剧与诗中充分表现出来的。社会自觉是含有重视个人的意义；个人之所以能引起兴趣，在乎他的生命内部的活动；这个内部生活的表现不是戏剧所能办到的。诗虽比戏剧方便，可是限于用语，还是不如小说那样能随便选择适当的言语去表现

---

① 阿喀琉斯（Achilleus）和赫克托耳（Hector）是《荷马史诗》特洛伊战争中敌我双方最伟大的两位英雄。

各样的事物。这个社会自觉是人类历史的演进，而小说的兴起正是时代的需要。这就表现的限制上说，由人类历史的演进上说，都显然的看出小说的优越；艺术既是无定形的，不是一成不变的，这些优越之点果能用艺术的手段利用，小说便是新的艺术，不能因为它的新颖而被摒斥。

在形式上说，它似乎没有戏剧那样完整，没有诗艺那样规矩，所以，有些人便不承认它有艺术的形式。诚然，它的形式是没有一定的，但是，这正是它的优越之点；它可以千变万化的用种种形式来组成，而批评者便应看这些形式的怎样组成，不应当拿一定的形式来限制。设若我们就个个形式去看，我们可以在近代小说中，特别是短篇的，如柴霍甫、莫泊桑等的作品，看到极完美的形式，就是只看它们的形式也足以给我们一种喜悦。短篇小说的始祖爱兰坡①便是极力主张为艺术而艺术的人，这个主张对与不对是另一问题，但它证明小说决不是全不顾及形式的。不错，在长篇中往往有不匀调的地方，但是这个缺点决不能掩蔽它们的伟大。总之，我们宜就个个小说去看它的形式，这才能发现新的欣赏，而且这样看，几乎在任何有价值的作品中，都可以找到一种艺术的形式，它可

———————————

① 爱伦·坡。

文学概论讲义

以没有精细的结构，但是形式是必定有的；而且有时候越是因为它的结构简单，它的形式越可喜，它有时候象散文诗或小品文字，有种毫无技巧的朴美，这在诗艺中是很少见的。

什么是小说的形式，永不能有圆满的回答；小说有形式，而且形式是极自由的，是较好的看法。小说的形式是自由的，它差不多可以取一切文艺的形式来运用：传记、日记、笔记、忏悔录、游记、通信、报告，什么也可以。它在内容上也是如此；它在情态上，可以浪漫、写实、神秘；它在材料上，可以叙述一切生命与自然中的事物。它可以叙述一件极小的事，也可以陈说许多重要的事；它可描写多少人的遭遇，也可以只说一个心象的境界，它能采取一切形式，因而它打破了一切形式。

那么，小说之所以能为艺术品者，只仗着这些优越之点吗？当然不是。小说的发达是社会自觉的表示，上面已经提到。社会自觉含有极大的哲学意味。每个有价值的小说一定含有一种哲学。这种哲学暗示出，如梅瑞地兹（Meredith）①所谓：哲学告诉我们，我们并不美如玫瑰之红艳，亦非丑如污浊

---

① 乔治·梅瑞狄斯（1828—1909）英国维多利亚时代诗人、小说家。小说代表作包括《比尤坎普的职业》《利己主义者》《十字路的戴安娜》。

之灰暗；反之，哲学使我们看到我们的光景是美好，下得去的，有结果的，因而最后得到欣悦。又如杜司妥亦夫司基①所谓：大概说，人们，即使是恶劣的，是比我们所设想的更天真更简单一些。我们自己也是这样。这样的暗示，我们可以找到许多，因为一个没有哲学的故事是没有骨头的模特儿。但是，有哲学是应当的，哲理的形成也不算极难的事，小说之所以为艺术，是使读者自己看见，而并不告诉他怎样去看；它从一开首便使人看清其中的人物，使他们活现于读者的面前，然后一步一步使读者完全认识他们，由认识他们而同情于他们，由同情于他们而体认人生；这是用立得起来的人物来说明人生，来解释人生；这是哲学而带着音乐与图画样的感动；能作到这一步，便是艺术，小说的目的便在此。

戏剧与诗也能如此，但是，上面所指出的小说的优越之点，使小说在此处比戏剧与诗更周到更生动。戏剧中如过重思想，人物便易成为观念的代表，而失其个性；若欲保持个性，无论如何也不如小说那样能刻骨入微的描画。诗艺中是能以一语之妙而深入人心，但是，它不能永远运用合适的言语传达一切，它的美好的保持往往限制住它的畅所欲言；而高深的

---

① 陀斯妥耶夫斯基。

文学概论讲义

哲理往往出自凡夫俗子之口，小说于此处便胜过了诗艺。这样，小说必须有它的哲学，而且是用艺术手段来具体的表现它，假若能达到此点，它便不能不算艺术。

从哪里得到哲学？要观察人生与自然。怎能具体的表现出这个哲学？要观察人生与自然。观察人生与自然，从而以相当的工具去表现人生与自然，不是一切艺术的根本条件么？小说家既也须懂得人生与自然，小说家便不是容易作到的。阿瑙德以为托尔斯泰的作品是一片真实，不错，小说几乎都是真实的一片段，但是，这一片段真实从何而来？不是由生命的观察与体认么？这一段的组成，不是许多不同的心象的织成么？这分明是说：这些是生命，容我以艺术表现之。就是那极端写实的写家，随便拾起任何人物，随便拾起任何事实，随便拾起任何时间，似乎无所求于艺术了；但是，敢这样大胆的取材的人，必是对于人生与自然有极深的了解与心得，他根本的必须是个艺术家。

俄国的写实作家有时只给我们一些报告似的东西，没有多少含义，没有什么最后的印象，然而这究竟不是报告，而是艺术家眼中的一片真实，也照原样使我们看一看；能使别人看到我们自己所看到的，便不是件容易的事。这样写作的态度是怎样看到便怎样写出，而在一写的时候，写家已经象那些事物的上帝似的那样明白它们。况且，他们所要写的多是人类的心感；托尔斯泰以为能传达感情是艺术唯一的目的。由观察人生，认识人生，从而使人生的内部活现于一切人的面前，应以小说是最合适的工具，因此，小说根本是艺术的。乔治·伊利亚特（George Eliot）说：

> 我真愿意再多看人类生命；人在世上只有这么几年，怎能看够了呢？但是，我是说，现在我正在用诗艺的自由与深刻的意味检讨我最远的过去，有许多步骤必须走过，然后，我才能艺术的运用我现在所得的任何材料。（*George Eliot's Life*，J.W.Cross）[①]

这是一个有名的写家的自述，这里指给我们：生命的观察是一件事，观察以后能艺术的应用又是一件事；那就是说，经验与想象是艺术组成的两端。设若一个人不能设身处地的，象被别人的灵魂附了体的样子，他必不会给他的一切人物以生命

[①] 乔治·艾略特（1919—1880），英国女作家，代表作《米德尔马契》《弗洛斯河上的磨坊》，惯于将传统悲剧与现实主义相融合。约翰·克劳斯比艾略特小二十岁，他们婚后不久，艾略特病故，他写了《乔治·艾略特的生活》。

及个性。这个外物与内心的联合是产生艺术的仙火。人生与自然经过想象,人生与自然才能属于作者;作品的特色便是想象的颜色。假如戏剧与诗艺是以思想装入形式,小说是以想象变化形式;戏剧与诗艺也要想象,但在形式上远不及小说能充分自由。Worsfold说:

> 以想象的运用而解释自然,是小说的本色——提出目前生活的一个理想的表现——决无缺欠。它完全凭着字的力量,而不需韵文的音乐,也不要戏剧的实现,而是以自由与完整来补这两个缺乏。与一旁的创造文艺相比较,小说对于这个工具,言语,有绝对的支配权能,而言语是艺术能影响于想象的最有力的工具。(*The novel*)

这样,小说家的想象天才辅以善于打动想象的工具,小说之能感动人心是自然结果;同时,想象天才与打动想象是艺术的基本条件。

由上面的几段我们看出,小说的长处和在思想上艺术上的基础,我们不能不承认小说在艺术上占有很高的地位。自然,因为小说的发达而有许多作品确是很坏,这是无可掩饰的事实,但这决不能用以判断小说的本身,也不能用以限制小说的发展。小说的将来是否也能象诗与戏剧那样有衰颓之一日是难说的，但是，就它的特点来看，它在表现真实与解释人生上是和诗与戏剧相同的，而在表现的方法上它比诗与戏剧更少限制，更能自由变化，更多一些弹性，恐怕它的发展还是正在青春时期，一时还不能见到它衰老的气象。

小说一名词在外国有许多字，如英语的Tale、Story、Novel、Fiction及Short story等。法语的Roman、Nouvelle Conte等。此处略将此数字加以解释：Tale与Story二字相近，二者都是故事的意思，没有什么特别的意义。广泛着说，凡是小说都须有个故事；但是，故事的意思显然的与小说略有不同，那就是说，凡是一个故事，不论有小说的艺术结构与否，也是个故事；小说的内容必是个故事，而故事不必是小说。我们读过一个小说，往往说，这是很好的一个故事；但这不过信口一说，其实，读小说的兴趣与听说个没有艺术结构的故事的兴趣，至少也有程度上的不同。由习惯上说，Tale似乎比Story更简单一些，形式上更随便一些，所以由戏剧与诗艺中抽绎出来的故事，往往称为Tale，如 *Tales from Shakespeare*[①] 与 *Tales from*

①《莎士比亚戏剧故事》，兰姆姊弟改编，林纾译作《吟边燕语》，后又以《莎氏乐府本事》广为流传。

Chaucer[①] 等。自然，*Tale of Two Cities*[②] 是个长篇小说而也用此字，此字在此处的意思是与Story相近的。至于坡用Tale代表法语Conte是显然不合适的，因为后者是短篇小说的意思，而短篇小说实与随便一个故事大不相同。此点容后面细说。Novel与fiction二字好似Novel近于中国史的稗史，既含新奇之意，又有非正史的暗示，此字似极适当于解释近代的小说。Fiction的意思比Novel又广泛一些，它是泛指一切想象的创作，而指明出一类文艺，在这一类文艺下的不必一定是小说；自然由习惯上，戏剧与诗艺是自成一类的，其实以性质言，它们也似乎应在fiction之下。

以篇幅长短言，英国的Novel似等于法国的Roman，是长篇小说。英国的Novelette等于法国的Nouvelle，是中篇小说。所谓长篇与中篇者不过是指篇幅的短长而言，并没有一定的界限。在小说初发达的时候，差不多小说都是很长的，近代的则较短，可是最近又有写长篇的趋向。以艺术观点看，这篇幅稍长稍短并没有什么重要；不过篇幅有时较短在印刷上与定

---

① 又称 *The Canterbury Tales*，《坎特伯雷故事集》，作者乔叟（Chaucer，1343—1400），英国中世纪与文艺复兴之间承上启下的大作家。

② 今译作《双城记》，狄更斯晚期代表作。

价上有关系，所以不能不区分一下。

近代的短篇小说确是另成一格，而决非篇幅简短的作品便是短篇小说。短篇小说是文艺上的术语，不是字少篇短的意思。短小的故事来源甚古，而短篇小说的成形与发展是近代的事。有许多人想给短篇小说下个定义，自然，给艺术品下定义是不容易圆满的，不过，这很足以表示人们的重视短篇小说，和它的自成一体而不是随便可以改成长篇，或由长篇随便缩短的。长篇小说既没有什么定义，而长篇与短篇的艺术条件又有相同之处，那么，单给短篇下个定义也不甚妥当。我们顶好把它的特点说一下，借以看出它与长篇的不同处。至于它与长篇艺术上相同条件（为解释人生，用想象表现真实等）便不用再说了。

一、短篇小说是一个完整的单位，增一分则太长，减一分则太短。在时间上、空间上、事实上是完好的一片断，由这一片断的真实的表现，反映出人生和艺术上的解释与运用。它不是个Tale，Tale是可长可短，而没有艺术的结构的。

二、因为它是一个单位，所以须用最经济的手段写出，要在这简短的篇幅中，写得极简截，极精采，极美好，用不着的事自然是不能放在里面，就是用不着的一语一字也不能容纳。比长篇还要难写的多，因为长篇在不得已的时候可以敷衍一笔，或材料多可以从容布置。而短篇是要极紧凑的象行云流水那样美好，不容稍微的敷衍一下。

三、长篇小说自然是有个主要之点，从而建设起一切的穿插，但是究以材料多，领域广，可以任意发挥，而往往以副笔引起兴趣。短篇则不然，它必须自始至终朝着一点走，全篇没有一处不是向着这一点走来，而到篇终能给一个单独的印象；这由事实上说，是件极不容易的事，因为这样给一个单独的印象，必须把思想、事实、艺术、感情，完全打成一片，而后才能使人用几分钟的功夫得到一个事实、一个哲理、一个感情、一个美。长篇是可以用穿插衬起联合的，而短篇的难处便在用联合限制住穿插；这是非有极好的天才与极丰富的经验不能做到的。

国家新闻出版广电总局
首届向全国推荐中华优秀传统文化普及图书

‖ 大家小书书目

国学救亡讲演录　　　　　　　　章太炎　著　蒙　木　编
门外文谈　　　　　　　　　　　　鲁　迅　著
经典常谈　　　　　　　　　　　　朱自清　著
语言与文化　　　　　　　　　　　罗常培　著
习坎庸言校正　　　　　　　　　　罗　庸　著　杜志勇　校注
鸭池十讲（增订本）　　　　　　　罗　庸　著　杜志勇　编订
古代汉语常识　　　　　　　　　　王　力　著
国学概论新编　　　　　　　　　　谭正璧　编著
文言尺牍入门　　　　　　　　　　谭正璧　著
日用交谊尺牍　　　　　　　　　　谭正璧　著
敦煌学概论　　　　　　　　　　　姜亮夫　著
训诂简论　　　　　　　　　　　　陆宗达　著
金石丛话　　　　　　　　　　　　施蛰存　著
常识　　　　　　　　　　　　　　周有光　著　叶　芳　编
文言津逮　　　　　　　　　　　　张中行　著
经学常谈　　　　　　　　　　　　屈守元　著
国学讲演录　　　　　　　　　　　程应镠　著
英语学习　　　　　　　　　　　　李赋宁　著
中国字典史略　　　　　　　　　　刘叶秋　著
语文修养　　　　　　　　　　　　刘叶秋　著
笔祸史谈丛　　　　　　　　　　　黄　裳　著
古典目录学浅说　　　　　　　　　来新夏　著
闲谈写对联　　　　　　　　　　　白化文　著
汉字知识　　　　　　　　　　　　郭锡良　著
怎样使用标点符号（增订本）　　　苏培成　著
汉字构型学讲座　　　　　　　　　王　宁　著

诗境浅说	俞陛云 著
唐五代词境浅说	俞陛云 著
北宋词境浅说	俞陛云 著
南宋词境浅说	俞陛云 著
人间词话新注	王国维 著　滕咸惠 校注
苏辛词说	顾随 著　陈均 校
诗论	朱光潜 著
唐五代两宋词史稿	郑振铎 著
唐诗杂论	闻一多 著
诗词格律概要	王力 著
唐宋词欣赏	夏承焘 著
槐屋古诗说	俞平伯 著
词学十讲	龙榆生 著
词曲概论	龙榆生 著
唐宋词格律	龙榆生 著
楚辞讲录	姜亮夫 著
读词偶记	詹安泰 著
中国古典诗歌讲稿	浦江清 著
	浦汉明　彭书麟 整理
唐人绝句启蒙	李霁野 著
唐宋词启蒙	李霁野 著
唐诗研究	胡云翼 著
风诗心赏	萧涤非 著　萧光乾　萧海川 编
人民诗人杜甫	萧涤非 著　萧光乾　萧海川 编
唐宋词概说	吴世昌 著
宋词赏析	沈祖棻 著
唐人七绝诗浅释	沈祖棻 著
道教徒的诗人李白及其痛苦	李长之 著
英美现代诗谈	王佐良 著　董伯韬 编
闲坐说诗经	金性尧 著
陶渊明批评	萧望卿 著

古典诗文述略　　　　　　　　吴小如　著
诗的魅力
　　——郑敏谈外国诗歌　　　郑　敏　著
新诗与传统　　　　　　　　　郑　敏　著
一诗一世界　　　　　　　　　邵燕祥　著
舒芜说诗　　　　　　　　　　舒　芜　著
名篇词例选说　　　　　　　　叶嘉莹　著
汉魏六朝诗简说　　　　　　　王运熙　著　董伯韬　编
唐诗纵横谈　　　　　　　　　周勋初　著
楚辞讲座　　　　　　　　　　汤炳正　著
　　　　　　　　　　　　　　汤序波　汤文瑞　整理
好诗不厌百回读　　　　　　　袁行霈　著
山水有清音
　　——古代山水田园诗鉴要　葛晓音　著

红楼梦考证　　　　　　　　　胡　适　著
《水浒传》考证　　　　　　　胡　适　著
《水浒传》与中国社会　　　　萨孟武　著
《西游记》与中国古代政治　　萨孟武　著
《红楼梦》与中国旧家庭　　　萨孟武　著
《金瓶梅》人物　　　　　　　孟　超　著　张光宇　绘
水泊梁山英雄谱　　　　　　　孟　超　著　张光宇　绘
水浒五论　　　　　　　　　　聂绀弩　著
《三国演义》试论　　　　　　董每戡　著
《红楼梦》的艺术生命　　　　吴组缃　著　刘勇强　编
《红楼梦》探源　　　　　　　吴世昌　著
《西游记》漫话　　　　　　　林　庚　著
史诗《红楼梦》　　　　　　　何其芳　著
　　　　　　　　　　　　　　王叔晖　图　蒙　木　编
细说红楼　　　　　　　　　　周绍良　著
红楼小讲　　　　　　　　　　周汝昌　著　周伦玲　整理

曹雪芹的故事	周汝昌 著	周伦玲 整理
古典小说漫稿	吴小如 著	
三生石上旧精魂		
——中国古代小说与宗教	白化文 著	
《金瓶梅》十二讲	宁宗一 著	
中国古典小说十五讲	宁宗一 著	
古体小说论要	程毅中 著	
近体小说论要	程毅中 著	
《聊斋志异》面面观	马振方 著	
《儒林外史》简说	何满子 著	
我的杂学	周作人 著	张丽华 编
写作常谈	叶圣陶 著	
中国骈文概论	瞿兑之 著	
谈修养	朱光潜 著	
给青年的十二封信	朱光潜 著	
论雅俗共赏	朱自清 著	
文学概论讲义	老舍 著	
中国文学史导论	罗庸 著	杜志勇 辑校
给少男少女	李霁野 著	
古典文学略述	王季思 著	王兆凯 编
古典戏曲略说	王季思 著	王兆凯 编
鲁迅批判	李长之 著	
唐代进士行卷与文学	程千帆 著	
说八股	启功 张中行 金克木 著	
译余偶拾	杨宪益 著	
文学漫识	杨宪益 著	
三国谈心录	金性尧 著	
夜阑话韩柳	金性尧 著	
漫谈西方文学	李赋宁 著	
历代笔记概述	刘叶秋 著	

周作人概观	舒芜 著	
古代文学入门	王运熙 著	董伯韬 编
有琴一张	资中筠 著	
中国文化与世界文化	乐黛云 著	
新文学小讲	严家炎 著	
回归，还是出发	高尔泰 著	
文学的阅读	洪子诚 著	
中国文学1949—1989	洪子诚 著	
鲁迅作品细读	钱理群 著	
中国戏曲	么书仪 著	
元曲十题	么书仪 著	
唐宋八大家 ——古代散文的典范	葛晓音 选译	
辛亥革命亲历记	吴玉章 著	
中国历史讲话	熊十力 著	
中国史学入门	顾颉刚 著	何启君 整理
秦汉的方士与儒生	顾颉刚 著	
三国史话	吕思勉 著	
史学要论	李大钊 著	
中国近代史	蒋廷黻 著	
民族与古代中国史	傅斯年 著	
五谷史话	万国鼎 著	徐定懿 编
民族文话	郑振铎 著	
史料与史学	翦伯赞 著	
秦汉史九讲	翦伯赞 著	
唐代社会概略	黄现璠 著	
清史简述	郑天挺 著	
两汉社会生活概述	谢国桢 著	
中国文化与中国的兵	雷海宗 著	
元史讲座	韩儒林 著	

魏晋南北朝史稿　　　　　　　　贺昌群　著
汉唐精神　　　　　　　　　　　贺昌群　著
海上丝路与文化交流　　　　　　常任侠　著
中国史纲　　　　　　　　　　　张荫麟　著
两宋史纲　　　　　　　　　　　张荫麟　著
北宋政治改革家王安石　　　　　邓广铭　著
从紫禁城到故宫
　　　——营建、艺术、史事　　单士元　著
春秋史　　　　　　　　　　　　童书业　著
明史简述　　　　　　　　　　　吴　晗　著
朱元璋传　　　　　　　　　　　吴　晗　著
明朝开国史　　　　　　　　　　吴　晗　著
旧史新谈　　　　　　　　　　　吴　晗　著　习　之　编
史学遗产六讲　　　　　　　　　白寿彝　著
先秦思想讲话　　　　　　　　　杨向奎　著
司马迁之人格与风格　　　　　　李长之　著
历史人物　　　　　　　　　　　郭沫若　著
屈原研究（增订本）　　　　　　郭沫若　著
考古寻根记　　　　　　　　　　苏秉琦　著
舆地勾稽六十年　　　　　　　　谭其骧　著
魏晋南北朝隋唐史　　　　　　　唐长孺　著
秦汉史略　　　　　　　　　　　何兹全　著
魏晋南北朝史略　　　　　　　　何兹全　著
司马迁　　　　　　　　　　　　季镇淮　著
唐王朝的崛起与兴盛　　　　　　汪　篯　著
南北朝史话　　　　　　　　　　程应镠　著
二千年间　　　　　　　　　　　胡　绳　著
论三国人物　　　　　　　　　　方诗铭　著
辽代史话　　　　　　　　　　　陈　述　著
考古发现与中西文化交流　　　　宿　白　著
清史三百年　　　　　　　　　　戴　逸　著

清史寻踪	戴　逸　著			
走出中国近代史	章开沅　著			
中国古代政治文明讲略	张传玺　著			
艺术、神话与祭祀	张光直　著			
	刘　静　乌鲁木加甫　译			
中国古代衣食住行	许嘉璐　著			
辽夏金元小史	邱树森　著			
中国古代史学十讲	瞿林东　著			
历代官制概述	瞿宣颖　著			
宾虹论画	黄宾虹　著			
中国绘画史	陈师曾　著			
和青年朋友谈书法	沈尹默　著			
中国画法研究	吕凤子　著			
桥梁史话	茅以升　著			
中国戏剧史讲座	周贻白　著			
中国戏剧简史	董每戡　著			
西洋戏剧简史	董每戡　著			
俞平伯说昆曲	俞平伯　著　陈　均　编			
新建筑与流派	童　寯　著			
论园	童　寯　著			
拙匠随笔	梁思成　著　林　洙　编			
中国建筑艺术	梁思成　著　林　洙　编			
沈从文讲文物	沈从文　著　王　风　编			
中国画的艺术	徐悲鸿　著　马小起　编			
中国绘画史纲	傅抱石　著			
龙坡谈艺	台静农　著			
中国舞蹈史话	常任侠　著			
中国美术史谈	常任侠　著			
说书与戏曲	金受申　著			
世界美术名作二十讲	傅　雷　著			

中国画论体系及其批评　　　　　李长之　著
金石书画漫谈　　　　　　　　　启　功　著　赵仁珪　编
吞山怀谷
　　　——中国山水园林艺术　　　汪菊渊　著
故宫探微　　　　　　　　　　　朱家溍　著
中国古代音乐与舞蹈　　　　　　阴法鲁　著　刘玉才　编
梓翁说园　　　　　　　　　　　陈从周　著
旧戏新谈　　　　　　　　　　　黄　裳　著
民间年画十讲　　　　　　　　　王树村　著　姜彦文　编
民间美术与民俗　　　　　　　　王树村　著　姜彦文　编
长城史话　　　　　　　　　　　罗哲文　著
天工人巧
　　　——中国古园林六讲　　　罗哲文　著
现代建筑奠基人　　　　　　　　罗小未　著
世界桥梁趣谈　　　　　　　　　唐寰澄　著
如何欣赏一座桥　　　　　　　　唐寰澄　著
桥梁的故事　　　　　　　　　　唐寰澄　著
园林的意境　　　　　　　　　　周维权　著
万方安和
　　　——皇家园林的故事　　　周维权　著
乡土漫谈　　　　　　　　　　　陈志华　著
现代建筑的故事　　　　　　　　吴焕加　著
中国古代建筑概说　　　　　　　傅熹年　著

简易哲学纲要　　　　　　　　　蔡元培　著
大学教育　　　　　　　　　　　蔡元培　著
　　　　　　　　　　　　　　　北大元培学院　编
老子、孔子、墨子及其学派　　　梁启超　著
春秋战国思想史话　　　　　　　嵇文甫　著
晚明思想史论　　　　　　　　　嵇文甫　著
新人生论　　　　　　　　　　　冯友兰　著

中国哲学与未来世界哲学　　　　　冯友兰　著

谈美　　　　　　　　　　　　　　朱光潜　著

谈美书简　　　　　　　　　　　　朱光潜　著

中国古代心理学思想　　　　　　　潘　菽　著

新人生观　　　　　　　　　　　　罗家伦　著

佛教基本知识　　　　　　　　　　周叔迦　著

儒学述要　　　　　　　　　　　　罗　庸　著　杜志勇　辑校

老子其人其书及其学派　　　　　　詹剑峰　著

周易简要　　　　　　　　　　　　李镜池　著　李铭建　编

希腊漫话　　　　　　　　　　　　罗念生　著

佛教常识答问　　　　　　　　　　赵朴初　著

维也纳学派哲学　　　　　　　　　洪　谦　著

大一统与儒家思想　　　　　　　　杨向奎　著

孔子的故事　　　　　　　　　　　李长之　著

西洋哲学史　　　　　　　　　　　李长之　著

哲学讲话　　　　　　　　　　　　艾思奇　著

中国文化六讲　　　　　　　　　　何兹全　著

墨子与墨家　　　　　　　　　　　任继愈　著

中华慧命续千年　　　　　　　　　萧萐父　著

儒学十讲　　　　　　　　　　　　汤一介　著

汉化佛教与佛寺　　　　　　　　　白化文　著

传统文化六讲　　　　　　　　　　金开诚　著　金舒年　徐令缘　编

美是自由的象征　　　　　　　　　高尔泰　著

艺术的觉醒　　　　　　　　　　　高尔泰　著

中华文化片论　　　　　　　　　　冯天瑜　著

儒者的智慧　　　　　　　　　　　郭齐勇　著

中国政治思想史　　　　　　　　　吕思勉　著

市政制度　　　　　　　　　　　　张慰慈　著

政治学大纲　　　　　　　　　　　张慰慈　著

民俗与迷信　　　　　　　　　　　江绍原　著　陈泳超　整理

政治的学问   钱端升　著　钱元强　编

从古典经济学派到马克思 陈岱孙　著

乡土中国   费孝通　著

社会调查自白   费孝通　著

怎样做好律师   张思之　著　孙国栋　编

中西之交   陈乐民　著

律师与法治   江　平　著　孙国栋　编

中华法文化史镜鉴   张晋藩　著

新闻艺术（增订本）   徐铸成　著

经济学常识   吴敬琏　著　马国川　编

中国化学史稿   张子高　编著

中国机械工程发明史   刘仙洲　著

天道与人文   竺可桢　著　施爱东　编

中国医学史略   范行准　著

优选法与统筹法平话   华罗庚　著

数学知识竞赛五讲   华罗庚　著

中国历史上的科学发明（插图本）钱伟长　著

出版说明

  "大家小书"多是一代大家的经典著作，在还属于手抄的著述年代里，每个字都是经过作者精琢细磨之后所拣选的。为尊重作者写作习惯和遣词风格、尊重语言文字自身发展流变的规律，为读者提供一个可靠的版本，"大家小书"对于已经经典化的作品不进行现代汉语的规范化处理。

  提请读者特别注意。

北京出版社